文春文庫

最後の息子

吉田修一

文藝春秋

目次

最後の息子

最後の息子

この日記に、初めて「大統領」の名前が出てくるページを、ぼくはビデオで撮影している。テーブルの上に広げた日記を、肉眼ではなく、ビデオを通して読んでいるのだ。自分で言うのも何だが、ぼくの書く文字、特に角張った漢字なんかは、左右の均整もとれ、鼻筋の通ったその知性的な品格で、充分アップに耐えられると思う。ときどき「、」の位置がずれているが、それはそれで、魅力的な欠点と言えなくもない。レンズの中でクローズアップされた文字は、筆圧が強すぎるせいか、まるで出口のない迷路のように、白い紙面に深くめり込んでいる。

初めて「大統領」の名前が出てくるページは、結局半年前まで溯《さかのぼ》ったところで見つかった。もちろん彼は、本名で登場している。

画面の中に現れた彼の名前を、ぼくは手に持った修正液で丁寧に塗り潰し、その塗り潰した場所に、力強いいつもの文字で「大統領」と書き込んでいる。

このとき半年分の日記に出てくる彼の名前を、全部書き換えてしまうのに、それほど時間はかからなかった。彼が二十日間も守り続けたプライバシーを、ぼくはこういう方法で守ってやろうとしているのだ。

この夏初めての熱帯夜に「大統領」は殴り殺された。熱帯夜が、あれから二十日間も続いたことを、彼は知らずに死んだのだ。

閻魔《えんま》ちゃんの話によれば、彼は友達とふたり、自転車でK公園へ行ったらしい。友達と別れ、たぶんサッカー場脇の樹の陰に入って、誰かにフェラチオでもさせていたのだろう、彼の屍体が発見された時、その踝《くるぶし》には汚れたパンツが、堅く絡み合っていたという。その話を聞いた時、ぼくは、大勢に踏みつけられた彼の背中が、まるで豚のように汚れている様子を想像してしまった。

大統領とは閻魔ちゃんの店で知り合った。いつだったか忘れたが、ある夜彼が、こんなことを言っていた。

「K公園に行く時には、身分が分かるような物は持って行かないんだ。免許とか、ビデオ屋の会員証だって財布から抜いておくよ。うっかり落として、あとで恐喝されたりしたら、格好悪いだろ」

しかし、その用心深さのお陰で、殴り殺された彼の身元が、警察でやっと判明したのは、死んでから二十日もたった、夜だったのだ。

日記を撮影しているテープを、少しだけ巻き戻してみた。そこには、その前に撮影された、閻魔ちゃんとの食事風景が映っていた。テーブルのいつもの席で、黙々とパスタをフォークに巻きつける閻魔ちゃんを、ぼくは向かいから撮影している。レンズはそのなかなか巻きつかない手元のパスタを執拗《しつよう》にアップで撮り続ける。次第に画面の中のフォークと皿のぶつかり合う音が、激しくなっていく。そして突然、

「いい加減にして！」

と叫んだ閻魔ちゃんの声に、画面がビクッと震えている。

それでもぼくは、撮影を止めていない。グラスの底に残ったワインを一口で飲み干し、ゆっくりとフォークを握り直す閻魔ちゃんを、そのあとも撮り続けているのだ。

「見て下さい。それでもぼくらは腹が減ります。きのうの夜、友達が一人殺されたことを知りました。しかし、それでもぼくらの飲むワインは、高級品なのです」

悪趣味な自分のナレーションに、我ながら身の毛がよだつ。延々と続く投げやりなナレーションの中、閻魔ちゃんは必死に食べ続け、ぼくは奇麗に食べ尽くしている。

プツッと切れたこの食事風景のあとに、日記の映像が現れるのだ。パラパラとページを捲《めく》る音が、枯れ木を踏みつけたような乾いた音に聞こえる。画面の中でページを捲る

指が、一番最後のページで止まった。このページは大統領が殴り殺されたことを知った直後に、感情に任せて書き殴ったページだ。ひときわ力のこもった文字が、大統領を殴り殺した奴らのことを、必死に罵《ののし》っている。

画面に映し出されるこの一文字一文字が、だんだんとそいつらの顔に見えてくる。そう思うと、これらの文字が、酷《ひど》く不細工な、品の無いものに変わってしまう。

この時ぼくは、ページを根元から引き千切っている。そして引き千切ったページを握り潰し、台所へと向かっている。生ゴミの詰まった袋を開け、その中を丁寧に撮影したあと、ぼくは握りしめていたこのページを、タマネギの滓《かす》の中に強く埋め込んでいるのだ。

最終的にビデオはこの場面で途切れる。従って現在手元にあるぼくの日記に、あいつらのことを書いたページは残っていない。「ホモ狩り」とやらで、大統領を殴り殺した奴らの、相手にするだけ無駄な、考えただけで虫酸《むしず》が走るような、そんな人間たちのことを書いたページは、この翌朝、生ゴミと一緒に捨てられたのだ。

閻魔ちゃんの店は新宿の奥にある。五分も歩けば、伊勢丹もあるし、タワーレコードだってある。しかし、閻魔ちゃんの店に、ポイントカードはない。普通の人にしてみれば、ただなんとなく聞いたことのある街の、ただなんとなく想像はつく店。それが閻魔ちゃんの店だ。

閻魔ちゃんの店には、とにかく様々な人たちがやって来るが、中でもミーハーな閻魔ちゃんに一番歓迎されるのが、金回りのよい芸能人だ。ある夜、演歌歌手のMKが店に来たことがあった。閻魔ちゃんとは昔からの知り合いだったらしい。MKはテレビで見るより若く見えた。着物姿でなかったせいか、閻魔ちゃんに紹介されるまで、隣に座っているその女性が、MKだとは気づかなかった。

その夜彼女は、気前の良いところを見せて、ぼくら周りの客に寿司をとってくれた。カウンターの中で、すっかり酔っぱらっていた閻魔ちゃんが、イクラをひとり占めしたのを覚えている。

明け方近くになって、なんとなく話題がK公園のホモ狩りの話になった。

「先週も若い子が失明したらしいのよ」

閻魔ちゃんが、MKにそう嘆いていると、客がひとり入って来た。その青年は、ごく自然にぼくの隣に座った。

「何の話？」

青年が気さくにそう尋ねてきた。初めて見る客だった。左眉に深い傷痕があって、そこだけ毛が生えていなかった。ぼくは不自然に目を逸《そ》らしたと思う。道端に落ちているポルノ写真から、咄嗟《とっさ》に目を逸らす時のように。

何も答えないぼくの代わりに、閻魔ちゃんが答えてくれた。

「ほら、先週のK公園の話よ」

「ああ、あの失明したって話？」

「そうよ。アンタも聞いたでしょ？　私はとにかく暴力反対なの！　暴力は下品よ！人に暴力をふるう奴はみんな、どこかの島にでも住まわせればいいのよ。そこで喧嘩でも戦争でも好きなだけさせておけばいいのよ。そうして、私たちは私たちの国をつくりましょう。きっといい国ができるわよ。そうだ！　ちょうどよかった。アンタが私たちの国の大統領になりなさい！」

　そう言って泥酔の閻魔ちゃんに指名されたのが、ぼくの隣に座った客「大統領」だった。


　閻魔ちゃんが質流れのハンディカムを買って来たのは、確か、ぼくが閻魔ちゃんの部屋に転がり込んだ翌週だったと思う。風呂に浸かり、気分良くオアシスのワンダーウォールを歌っていると、ズボンの裾《すそ》を捲った閻魔ちゃんが、ビデオを抱えて入ってきた。

「ちょっと！　こっち向きなさいよ」

　そう言って撮影を始めた閻魔ちゃんに、ぼくは照れ臭そうに微笑みかけている。

「まるで新婚さんだな。これで俺が、赤ちゃんでも抱いてたら、完璧なハッピーファミリーだ」

「やめてよ。赤ちゃんなんて考えるだけでノイローゼになるわ」

閻魔ちゃんの声は、ビデオを通してでも、やはり酒嗄《が》れしたダミ声だ。

この時ズボンの裾を捲った閻魔ちゃんの格好は、お世辞にも褒《ほ》められたものではなかったが、この画面の中のぼくは、どことなく幸せそうな顔をしている。

このとき確か、ビデオを抱えた閻魔ちゃんが、どうも赤ちゃんを抱いた自分の奥さんのような気がして、ついそのビデオに向かって「パパでちゅよぉ」と言いそうになったことを思い出した。

この映像の中で、閻魔ちゃんは「アンタが歯を磨いている姿って好きだわ」と言う。これから、生まれて初めてキスをする男の子のような、そんな磨き方だと言うのだ。鏡越しに映されているぼくは、荒々しく口をゆすぎながら「そんな男の子が、あんな舌使いするか？」と言い返している。

この頃のテープを再生してみると、一方的にぼくばかり映されているのが分かる。やっぱりぼくは、愛されていたのだろうと思う。別に自慢しているわけではない。それに愛されるのは簡単なことだ。それよりも愛され続けるのが至難の業《わざ》なのだ。

ぼくの狡《ずる》いところは、それを知っているくせに知らないふりをしていることだと思う。たとえば、いつも使っているグラスが、バカラ製だと知っているくせに、ぼくは「これ高そうに見えるよなぁ」と知らないふりをしている。そういった無知をひけらかすことによって、自分の隠しようもない品の良さ、みたいなものを、閻魔ちゃんに匂わせているつもりなのだ。でも、結局ぼくが隠しているのは、生来の品の良さなんかではなく、計算ずくめの、姑息《こそく》な愛され方でしかない。

ある時、髪を切るようにと言われて、閻魔ちゃんに五千円渡されたことがあった。翌日、ぼくがやったことはといえば、その金で髪は切らず、代わりに閻魔ちゃんへシャツを買って来たのだ。

結局、伸びていた髪は、世界一幸せそうな美容師が、この部屋で切ってくれた。そしてそういう夜に限って、ぼくは自分が閻魔ちゃんを愛していないということを、思い知らされる。

ここに映っているぼくの顔、閻魔ちゃんに髪を切ってもらいながら、鏡に映った自分を撮影している映像には、そういうことを思い知らされた男の、投げやりで下品な明るさが収められている。

閻魔ちゃんの店には、滅多に女客は来ないのだが、ある夜、女の団体客が雪崩《なだ》れ込んできた。聞けば、閻魔ちゃんがこの業界に入る前にいた会社の、同僚たちなのだという。事務用品を扱っている一般企業で、閻魔ちゃんがどのような社員だったのか想像もつかないが、辞めて正解だったのだろうとは思う。

女たちは上品とは程遠い声で喋り始めた。言葉自体ではなく、おそらく日々の暮らしが上品ではないのだ。

「でも、やっぱり男同士って、考えただけでグロテスクだわ」

「美少年ならいいのよ。でも閻魔がやってると思うとねぇ……やっぱりグロテスクだわ」

閻魔ちゃんはグラスに氷を入れていた。

「あら、やだ！　グロテスクってのは、元々グロッタ模様から来てるのよ。グロッタ模様ってのは、アンタ、貝殻がモチーフよ。貝殻のない私がどうしてグロテスクなもんですか！　グロテスクなのはアンタたちだわよ！」

この時も、閻魔ちゃんはしっかり酔っぱらっていたのだが、恥ずかしげもなく言わせてもらえば、ぼくは酔っぱらった閻魔ちゃんが大好きだ。

たぶんぼくがここに住み着いてしまった最大の要因も、きっとこれなのだと思う。閻魔ちゃんは、商売柄毎晩酔っているわけだが、その酔い方にもいろいろある。中でもぼくが一番好きな酔い方はどれか？　と聞かれたら、迷わずこんな夜をあげる。

二度目にＭＫが店に現れた時だ。酔っぱらった閻魔ちゃんは、また独立宣言をやらかしていた。閻魔ちゃんの国の独立宣言は、何度聞いても飽きない。飽きないどころか、心からその国の国民になりたいとさえ思う。

「私たちは私たちの国をつくるのよ！　言っておきますけど、私たちは全ての戦いを放棄します。戦争も、内戦も、夫婦喧嘩だってお断りです。あらやだ、男しかいないんだから、夫婦喧嘩はないわ。……とにかく、もちろんミサイルも戦車も絶対に保持しません。もしもよ、お隣の国が新しいミサイルを開発したって、見栄っぱりな女みたいに対抗したりいたしません。もしもどこかの国の二枚目が、そんな私の耳元で『お前を一生守ってやるから、俺に拳銃を買ってくれないか？』なんて囁《ささや》いたって、好色女みたいに、ホイホイお金は出しません。とにかく私たちの国は丸腰です。何も武器は持ちません！」

酔っぱらった閻魔ちゃんは、高らかにそう宣言する。

いつの間にか飲み仲間になっていた大統領もぼくの隣で、閻魔ちゃんの独立宣言を聞かされていた。ぼくも大統領もかなり酔っぱらっている。まさに「壁」の上でボトルをあけた89年のドイツ青年の飲みっぷりだ。明け方になって、他に客がいなくなっても、閻魔ちゃんの演説は続いていて、ぼくがトイレから戻ると、大統領にからんでいた。

「大統領はアンタなんだから、アンタが宣言しなさいよ」

「やだよ。格好悪い。独立宣言は代理に任せるよ」

嫌がる大統領がトイレに逃げて、仕方なくまた閻魔ちゃんが喋り始めた。ＭＫは二分に一度くらいの割合で、夢から醒めているような感じだった。

「私はこの国の大統領の代理です。大統領はいまトイレです。もしも私たちの国に危害を加えようとなさる国があるなら、まず私の体から始めなさい。私たちの国は、この体と同じです。試しに殴ってみればいい。人間の体は柔らかいのだから、紙切れでだって傷がつく。その上何度も蹴られたら、人間は必ず死ぬのです。私はそういう人間が住む、この国の大統領の代理です。もしも私たちの国に危害を加えようとなさるなら、蛮行は不要です。ジェノサイドは無意味です。私たちの国は、人間の体のように、弱く柔らかいものなのですから！」

　この演説に、ぼくはひとり拍手を送って、トイレに立った。再びトイレから戻ると、今度は大統領が真剣な顔で、「でも国をつくるんだったら、まず名前を考えなきゃ」と言っていた。彼もそうとう酔っているらしい。

「そうよねぇ、まず名前よねぇ……」

　ぼくが席に着こうとすると、MKがムクッと起き上がった。

「イクラにしなさいよ。イクラって国にしなさいよ。あんたイクラばっかり食べるから」

　彼女はそう呟くと、また眠り込んでしまった。最初はきょとんとしていた閻魔ちゃんも、「あら、そうねぇ、石油かなんか出てきそうだわねぇ」と言いながら、彼女の意見を採用した。

閻魔ちゃんの部屋でのぼくの暮らしぶりは、「体調の良い病人」という言葉がピッタリだと思う。毎日昼近くに起き出して、夕方まで本を読んだり、散歩したりして過ごす。五時頃になると、閻魔ちゃんが近くの丸正へ買物に行くので、ぼくはゆっくり風呂に入る。風呂から上がった頃には、閻魔ちゃんの料理が完成しているというわけだ。言っておくが、閻魔ちゃんの料理はとにかく評判が良い。某テレビ局の料理番組が取材に来そうになったほどなのだ。来そうになったというのは、結局来なかったわけだが、その理由がなんとも馬鹿馬鹿しい。撮影の直前になって、愚かなスポンサーが、オカマの作る料理なんて考えただけで食欲がなくなる、と仰《おつしや》ったそうだ。閻魔ちゃんは、テレビ局から貰った金で、生きた蟹まで買い込んでいたというのに。

この日、口では「一食分浮いただけでも儲けものよ」と言っていたが、やっぱりその背中は寂しそうだった。

閻魔ちゃんに頼まれて、ローソンでポン酢を買って帰ると、閻魔ちゃんと蟹が、台所で格闘している真最中だった。ぼくはビニール袋を提げたまま、その背後に立った。

「迫力あるなぁ」

一進一退のその攻防はしばらく続いた。

「いま、声かけないで！」

閻魔ちゃんが悲鳴を上げながら、必死の形相で生きた蟹を、俎《まないた》に押さえつけようとしている。このとき突然、ぼくは切ない気持ちになった。スポンサーに断られた閻魔ちゃんの背中にではなく、その背中を見ている自分に、急に切なくなったのだ。理由は説明できない。ただ突然、切なくなったのだ。

「俺もそんな風に、おもいっきり暴れてみようかな」

なんとなくそう言ってみると、

「暴れなさいよ。私が押さえつけてやるわ！」と、閻魔ちゃんが言ってくれた。

二人きりの夕食が終わり、閻魔ちゃんはいつものように仕事に出かけた。この日、敢えてビデオ撮影はしなかった。

窓の外の雨を撮影している映像がある。雨は朝から降っているらしい。この日ぼくは、ホッチキスの針をパチンパチンと部屋中に飛ばして、半日を過ごしている。右下に出る撮影時間が、それを律儀に教えてくれる。

「踏んだら危ないじゃないの！」

買物から戻って来た閻魔ちゃんが、早速金切り声を上げて怒る。それでもぼくは、まだホッチキスとビデオを手放さない。

「ホッチキスってのは、そうやって使う物じゃないのよ！」

「説明書でも読んだのかよ？」

「……読んでないわよ」

「世界で初めて機関銃を造ったのが、このホッチキス社なんだよ」

「だから何よ？」

「だから……何でもすぐに安心しちゃいけないってことだよ」

こういうシーンを観ると、よくこんな男を部屋に置く気になるものだと、閻魔ちゃんの男の趣味を疑いたくなる。

ホッチキスを取り上げるのを諦めた閻魔ちゃんは、台所で料理を作り始める。何が楽しいのか、陽気に鼻唄なんかを歌い出す。窓の外は相変わらず雨が降っている。ぼくはまだホッチキスの針を飛ばしている。

しばらく観ていると、サビの部分で閻魔ちゃんの鼻唄が「水のルージュ」だと判明した。唄声に誘われるように、ぼくは撮影しながら台所へ入っている。画面には鍋の中のシチューが映る。

「ねぇ、もしも女の子と結婚するとしたら、どんな女の子と結婚したい？」

そう聞いた閻魔ちゃんの姿は映っていない。ぼくはシチューの中に指を突っ込み、味見をする。

「……ねぇ、どんな女の子と結婚したい？」

「そうだねぇ、鼻唄の上手い女の子がいいねぇ」

ぼくは惚《とぼ》けた声で、そう答えている。

閻魔ちゃんは、それからもシチューを煮込んでいるが、もう鼻唄は歌っていない。

リビングのソファで、シチューができるのを待っていると、急に熱い風呂に入りたくなった。ぼくはビデオを置いて浴室へ行った。風呂蓋を開けると、きのうの夜の残り湯が、冷たくなっていた。汚れた残り湯と、浮かんだ数本の髪の毛を見ていると、突然胸がムカムカしてきた。ぼくの体にしろ、閻魔ちゃんの体にしろ、人間の体は汚いのだ、と、この時きっぱり悟った。残り湯の入ったこの風呂釜こそ、ぼくら二人の汚さを閉じ込めた棺桶なのだ、と。

残り湯を抜き、風呂を洗った。無心になり、憑《つ》かれたようにスポンジで垢《あか》を落とした。こびりついた垢が、こんな所でこんなオカマと暮らしている自分の姿と重なった。パンツ一枚になって、懸命に湯垢を落としているぼくの背中を、ふと振り返ると、閻魔ちゃんがビデオで撮影していた。ぼくの背中はきっと別の顔をしていたのだろう。

「せっかくシチューできたのに、食べてから入りなさいよ」

閻魔ちゃんは、甘えた声でそう言った。

このとき撮影されているはずのぼくの背中が、どこを捜しても出てこない。きっと閻魔ちゃんが消してしまったのだ。閻魔ちゃんはときどき病的にケチ臭くなることがある。

「同じような映像は、一つあればいいのよ！」と言う閻魔ちゃんに、ぼくは抗《あらが》う術《すべ》を持たない。たとえば、閻魔ちゃんから買い与えられる様々な物の中で、唯一ぼくが突き返した物がある。

「大きい歯ブラシは嫌いなんだよ。ブラシの所が小さいやつ。確か、リーチって名前だったと思う」

ぼくはそう言って、新しい歯ブラシを買って来て貰った。自分で買って来なさいよ、と言う閻魔ちゃんに、ぼくはどうしても閻魔ちゃんが買い替えてくるべきだ、と言い張った。すごく些細なことのようだが、ここで暮らすぼくにとっては、とても重要なのだ。

幼い頃から、ぼくは誰かに気に入られようとする悪い癖があった。中学生の頃も、必死にある友達に気に入られようとしていたのだが、今となってはそういう自分が、いとおしくさえある。

その友達というのが一風変わっていた。何が一風変わっていたかというと、まず右近というその少年が、陰で「女番長」と怖れられていた、と言えば分かってもらえるだろうか。

実際彼の言動は、確かに女っぽかった。しかし、その反面、服装のセンスもよく、鼻たれ小僧のぼくなんかが、聞いたこともない音楽や映画の話を、彼は山ほど知っていた。

服装のセンスと言ったところで、所詮体育ジャージに何色のトレーナーを組み合わせるか、という程度のものなのだが、それでもあの頃のぼくにしてみれば、ネイビーのジャージにアディダスの赤いトレーナーを組み合わせる彼の着こなしは、ぜひ試してみたい大胆な色使いの一つでもあった。

ぼくが金をもっていたのだから、たぶん正月だと思う。その女番長「右近」がぼくを買物に誘ってくれた。

「洋服を一緒に買いに行こうよ。僕が選んでやるから、そうすれば、もうダサイなんて言われないようになるよ」

「俺、ダサイ?」

「うそ! 気づいてない?」

もう断れなかった。ノコノコついて行ったぼくは、何を血迷ったのか、彼から勧められるまま、赤いバンダナを握ってレジに立っていた。帰り道、早速彼は、ぼくの頭にその赤いバンダナを巻き、これで一緒に歩いても恥ずかしくないよ、と言った。

その当時、服装にしろ、遊びにしろ、ぼくが必死に右近を真似てみても、でき上がったぼくにはどうしても「和製」という文字がついているような気がした。たとえば右近が本物のエルビスだとして、ぼくは「和製」エルビスなのだ。「和製」という言葉を、ぼくは侮辱用語だと教えられて育ったような気がする。

とにかく赤いバンダナを頭に巻かれたぼくは、その日、彼の部屋に寄った。彼の部屋はお姉さんと同室で、そのお姉さんが買ってくるらしい海外のファッション雑誌や古い映画の切り抜きが、部屋中に散らばっていた。

「これがヘルムート・バーガーっていう俳優で、ヴィスコンティに寵愛された青年なんだ」

彼は誇らしげに、古い映画のパンフレットを見せてくれた。しかし、一文に二つ以上知らない単語があると、ぼくは理解できないらしい。

「ヘル?……コンティ?……」

じっとその俳優の写真を眺めてみた。どことなく、目の前の右近に似ていた。素直にそう言ってみると、無理に嬉しそうな顔を押し殺した彼が「絶対に内緒だぞ」と念を押し、ぼくの耳に口を近づけてきた。部屋には誰もいなかった。

「僕さぁ、将来は俳優になろうと思ってるんだ」

そう告白されたぼくは、何の疑いもなく、右近は将来映画スターになるのだろうと信じてしまった。お世辞ではなく、その頃の彼には確かに近寄り難い輝きがあった。威厳というか過信というか、とにかく、生まれてこの方一度も叱られたことのない子供のような、そんな自信に満ち満ちていた。

その日、赤いバンダナを頭に巻いたまま家に戻ったぼくは、息子の華麗なる変貌を、素直に認められない親父に「オカマにでもなるつもりか！」と力一杯蹴りつけられた。ぼくの家は、そういう家だった。恥ずかしい話、カップラーメンのお湯を沸かしているだけでも「男のくせに台所でウロチョロするな！」と叱られるような家だったのだ。父親に強制された剣道着姿で、ヴィスコンティの映画に憧れている少年を、ちょっと想像してみて欲しい。

これは、初めて大統領がこの部屋に遊びに来た時の映像だ。閻魔ちゃんはすでに仕事に出かけている。

この日ぼくらは二人でビデオ屋へ行き、散々迷った挙句にクロード・シャブロルの「いとこ同志」を借りてきた。結局一時間以上も、どれを借りるか迷って、「これは見た」だの「この映画には思い出があるんだ」などと言い合ったお陰で、ふたり並んで店を出る時には、三年も付き合ったカップルのような気がした。

このとき借りた「いとこ同志」は、古いフランス映画で、ぼくも大統領もその監督が好きだった。内容はと言えば、とことん運の悪い青年の話だったのだが、それほど悲愴《ひそう》感もなく最後まで観ることができた。ビデオを観終わって、大統領はプリンを食べている。閻魔ちゃんがいつも買い置きしているモロゾフのやつだ。ぼくはプリンを食べる大統領の横顔を撮影しながら、とんでもないことを言っている。

「この映画が言わんとするのは、要するに、運が悪い奴は、死ぬまで運が悪いってことだな」

「六分の一の確率だよ。ところでこのプリン、お前が買ってくんの？」

「閻魔ちゃんだよ」

六分の一というのは、拳銃の弾の数だ。画面の中の大統領は、すでにプリンを食べ終わっている。やはり閻魔ちゃんのように、十五分もかかる方が珍しいのだ。二つ目のプリンを冷蔵庫から取り出して来た大統領に、ぼくは単刀直入、K公園の話をやってのける。

「なぁ、やっぱりあそこで失明させられた奴っていうのも、運が悪い奴なんだろうな？」

「最悪だろ。コンビニで腐ったプリンを買うくらい運が悪いよ」

そう言った自分が、まさかそれを買ってしまうとは、この時の大統領は思ってもいないらしい。自分の始まりと終わりを知らないからこそ、人間はこんなに旨そうにプリンが喰えるのだ。

「腐ったプリン買ったら、普通、消費者は抗議するだろ？」

ぼくの意見は間違っていない。

「抗議？　考えてみろよ。直前まで、男にフェラチオされながら、ハァーハァー言ってた奴がだぞ、ホモ狩りにあって失明したからって、俺たち仲間が声を上げて抗議でもしてみろよ。早速どこかの記者がやって来て『あのぉ、抗議の女装パレードとか、やらないんですか？』なんて聞かれるのが落ちさ」

「どういう意味だよ？」

「だから失明した上に、笑われるってことだよ」

彼の意見も間違ってはいない。

ふと、閻魔ちゃんの言葉を思い出した。この会話の中に出てくる失明した青年が、病院に運び込まれた時、彼の両目は半分以上が飛び出していたそうだ。それを聞いた閻魔ちゃんが、「本当に怖かったのよ」と呟いた、その言葉を、ぼくはふと思い出した。

たとえばK公園で「ホモ狩り」とやらをやっている集団。まず集団というのが下品だと思う。どれくらい下品かと言うと、パリ解放後、ナチの親衛隊と親交を持ったフランス女の髪を、丸坊主にしてしまったパリ市民ぐらい、下品なのだ。

この夜、大統領は泊まっていくつもりだったのだろうが、三十分に一回の割合で「冷蔵庫の中にプリンがあるわよ」だの「伊豆旅行の時の写真を見るんだったら押入れの中にあるから」と、店から電話をかけてくる閻魔ちゃんにうんざりしたのか、結局十二時前には帰ってしまった。

「俺たち二人に、何かあるとでも思ってんのかな?」

大統領はそう言って笑っていたが、電話の向こうの閻魔ちゃんは、さぞ御心配だっただろう。なにせ若竹のような青年ふたりが、部屋で寝転がってビデオを観ているのだから。

三度目の電話で「そんなに心配なら、戻ってくれば」と言ってみると、閻魔ちゃんは、「でも仕事が……」と、真剣に悩み始めた。

すっかり面白くなったぼくは「三人で寝てみる?」と誘ってみた。受話器の向こうから、ゴクッと唾を飲む音が聞こえた。

閻魔ちゃんは、若竹のような青年ふたりを相手に、青竹踏みでもするつもりだったのだろうか?

みるからに怠惰な午後の風景が撮影されてある。これを撮った日、友達が来るというので、寝癖のついた髪を梳《と》かすように、閻魔ちゃんが煩《うるさ》く言っていた。来るのは閻魔ちゃんの友達であって、ぼくの寝癖には何の関係もない。

しかし閻魔ちゃんがあんまり煩く言うので、結局洗面所で髪を濡らすことにした。髪を濡らして、その髪が自然に乾いても、友達はまだやって来なかった。約束の時間に来ていれば、とっくに打ち解けた話もできていたはずだ。

「なんだよ、いつになったら来るんだよ?」

「知らないわよ。もうすぐ来るでしょ」

ただ待っているだけというのも芸がないので、この時ぼくは、閻魔ちゃんにガンジーの糸車の話をしている。ソファに寝転んだまま、黙ってガンジーの話を聞いている閻魔ちゃんの顔は、知りたがりの少女のようであどけない。ぼくの話が終わると、

「だったら私の糸車は、さしずめ鍋ね。ガンジーがカタカタ糸車を廻したように、私はコトコト鍋を煮るのよ」

と、毎朝髭を剃る少女が言う。

「さしずめ鍋ねって……閻魔ちゃんの鍋が、何の抗議行動になるんだよ?」

「何のって言われても困るけど、何かしら役には立つでしょうよ」

「何かしら役にねぇ……もしかしたら、閻魔ちゃんみたいな人が、革命家になったりして」

「やめてよ! 革命家なんて一文の得にもならないわよ。それに私は、自分の店のことで手一杯だわよ」

そう叫んだ閻魔ちゃんに、少女のあどけなさはない。どちらかと言えば、家庭を守る母の強さだ。

ときどき、野球チームができるくらい子供が欲しいの、と言う女がいる。閻魔ちゃん

が次々と自分の店を増やすのは、もしかすると、そういうことなのかもしれない。

この夜、やっと現れた友達の、その容赦のない視線を見て、ぼくの寝癖を気にした閻魔ちゃんの気持ちが理解できた。その人は、閻魔ちゃん同様、あの街で店をやっていて、名前をマリネさんといった。マリネさんは閻魔ちゃんと同じ歳らしいが、閻魔ちゃんの歳を知らないぼくには、マリネさんの歳も分からない。

こうまで遠慮のない品定めをする人を、ぼくはこのとき初めて見た。マリネさんは、これまで何人、閻魔ちゃんの相手を選考してきたのだろう、やっぱり最後には得点が出るのだろうか？　などと考えていると、だんだん馬鹿らしくなって、さっさと寝室に逃げ込んだ。出品作が姿を消すと、すぐに審査員の容赦ない審査が始まった。

「前のと全然変わらないじゃないのよ。期待して損したわ」

「なんで、アンタが期待すんのよ。それに前のとは全然違うじゃない」

「どこがよ？」

「今度の方がノンケっぽいでしょ！」

ノンケっぽいというのが、もしも男っぽいということなら、閻魔ちゃんは完全に勘違いしている。男っぽい奴が、壁に耳をつけて、自分の得点を気にしているわけがない。いまどき、女だってそんなことは気にしない。

この夜、閻魔ちゃんが台所で食事の準備をしている時、マリネさんとリビングで二人きりになってしまった。

「閻魔のどこが好きなのよ？」

マリネさんの鋭い質問に、ぼくは正直狼狽《うろた》えた。マリネさんの顔には「金でしょ？」と、しっかりした文字で書かれてあった。しかし、ここが正念場だ、とぼくも頑張った。

「ここが好きってところはないけど、逆に嫌いなところが見当たらないんだ」

このときぼくは、そう答えておいたが、実際、的確で正直な答えだったのかもしれない。それに、金が欲しいんだったら、もっとやるべきことがある。ぼくが欲しいのは、やはり金ではなく時間なのだ。何かをやる為の時間ではなく、何もしない時間をぼくは貢《みつ》いで欲しいのだ。

それからも、次々と質問を浴びせるマリネさんから、ぼくはとうとう逃げ出している。このとき台所で、りんごの皮を剥《む》いていた閻魔ちゃんが、まるで、母親のようにさえ見えた。マリネさんと二人きりでいるぼくは、怖い夢を見た子供と変わりなかったのだ。

そういえば、子供の頃、本当に怖い夢を見て母の所へ泣いて行ったことがある。母は眠そうな目をしながらも、ぼくを励まし、部屋までつれて行って、やさしく布団をかけてくれた。

「運動場で幽霊に囲まれたんだ」と泣くぼくに「大丈夫よ。ほら、運動場の入口に大きな門があるでしょう、あそこにお母さんがいてあげるから」と言って、ぼくを安心させてくれたのだが、そんな理不尽な言葉で安心したぼくもぼくだと思う。きっと母も寝惚けていたのだろう。

　とにかくこの夜、マリネさんのいるリビングに戻る勇気がなくて、ぼくは台所でずっと閻魔ちゃんの手捌《さば》きを撮影している。

　りんごを一個磨り下ろす。缶詰のパイナップルを混ぜる。同じように磨り潰したタマネギと、隠し味に少々の醬油。ウスターソースとトマトケチャップを入れて、香り付けに赤ワイン。その中に骨つきリブを漬ける。

「なるほどこうやって作るんだ。旨いはずだよな」

　ぼくは感嘆の言葉で締め括《くく》り、ねぎらいのつもりで肩をもむ。毎晩マリネさんがリビングに居てくれれば、ぼくは「いい夫」になれるだろう。

　この夜の食事風景を撮影している映像に、腹の立つシーンを見つけた。閻魔ちゃんが調子に乗って、いつものように喋りまくっているのだが、その中で一言、

「私、二枚目って苦手なのよ」

　と、マリネさんに言っているのだ。このとき閻魔ちゃんは、ぼくが横にいることを、忘れてでもいるのだろうか？

　結局、いい夫になれば妻からは忘れられる。

これはいつ頃撮影されたテープだったか、眠っているぼくの姿が映された映像がある。Tシャツが胸元まで捲れ、パンツの中に片手を突っ込んで眠っている。我ながら情けない寝姿だと思う。これと全く同じような構図の写真を、高校の修学旅行で撮られたことがあった。

撮影中の閻魔ちゃんは、相当酔っているのだろう、画面がかなりブレている。閻魔ちゃんの荒い息遣いと壊れかけたエアコンの音が、重なりあって録音されてある。映像の中のぼくに、起きる気配はない。しばらくすると、突然鼾《いびき》をかき始めた。閻魔ちゃんがクスッと笑ったその声が、ちゃんと録音されていた。ベッドに腰かけた閻魔ちゃんの尻の重みで、ぼくの体がグラッとカメラの方に傾く。しばらくの間、画面には寝顔のアップが撮影されている。

「こんな鼾が聞きたくて、アンタと暮らしているのかしらねぇ……」

閻魔ちゃんはそう呟いたあと、ビデオを終了させている。

閻魔ちゃんは、ときどき昔の恋人の話をする。ぼくの前に、この部屋で暮らしていた奴らの話だ。ぼくは黙って聞いているのだが、前があるってことは、次もあるのだろうなと漠然と思ってもいる。

閻魔ちゃんと暮らしたことのある青年。それら青年の名前が羅列されたリストの中に、自分の名前が残るのは、とても光栄なことだと思う。現代における最高殊勲青年だし、これは並大抵の知性と体力じゃ務まらない。閻魔ちゃんを喜ばすために、夜な夜な観ているポルノビデオからだって、男役と女役、両方の性技を習得しなければならないし、会話レベルにしたって、スーパーモデルのクリスティ・ターリントンのことから、ハプスブルク家のエリザベートのことまで知っていなくてはならない。そして何より、そうやって知りえた知識や性技を、実際の生活ではまったく役に立てていてはいけないのだ。この忍耐力と演技力がなければ、閻魔ちゃんの相手は務まらない。ひけらかした時点で燃えるゴミ。知らなかった時点で粗大ゴミだ。

店が休みの日、酔っていない閻魔ちゃんは、ベッドに入ってもなかなか眠ろうとしない。大きなベッドで二人並んで、高い天井を見上げていると、閻魔ちゃんが「何か話をして」とせがむことがある。

ぼくは思いつくままに、リルケの本にあった「指甲が神さまになる話」や、大正時代にあった「マゾヒスト矢作ヨネの被虐淫楽死事件」の話をしてやる。いつだったか、「アンタが前に付き合っていた女の話が聞きたいわ」

と言うので、初めて佐和子の話をしてやった。

佐和子とは一年以上付き合っていたのだが、彼女と一緒にいて居心地の良さを感じることは、結局最後までなかった。

彼女はいつも何かを追いかけていた。具体的に何を追いかけていたのかは知らないが、とにかくいつも次へ次へ、上へ上へと目を向けていた。

「俺がエンストした車だとしたら、彼女はブレーキが壊れた車だったんだよ」

そう説明してやると、

「止まらない車よりは、動かない車の方が安心して乗れるわ」

と、閻魔ちゃんは笑っていた。

その夜、閻魔ちゃんにしてやった話は、彼女と一緒に占いの館に行った時の話だ。佐和子が「大泉の母」の前に座ると、彼女を一目見た「大泉の母」が「あなた早く引っ越さないと、とんでもない目に遭うわよ」と言った。ぼくも彼女も何のことだか分からず、ただ説明を待った。「大泉の母」が言うには、彼女は確実に呪われており、その元凶は石灯籠《どうろう》にあるというのだ。

彼女の近辺にあるはずの、その石灯籠から早く離れた方がいい。

佐和子はその当時、世田谷で一人暮らしを始めたばかりだった。世田谷に戻ったぼくと彼女は、マンションの周りを歩き廻ってみた。近所には神社もなければ寺院もなかった。石灯籠があるような大きな庭のある家さえ見当たらなかった。歩き疲れたぼくは、気味悪がる彼女を連れて、とりあえずそのマンションに戻った。

一階で呉服屋を営んでいる大家に見つかり、彼女はゴミのことで文句を言われた。彼

女が話題を変えようと、

「あのぉ、この辺に神社なんてないですよねぇ」

と尋ねると、大家は、

「聞いたことないわねぇ」と答えて店へ戻った。

ぼくと彼女は、店に入る大家の背中を見送った。自動ドアが開いて、着物が飾られた棚が見えた。すると次の瞬間、その奥にあるレジの所に、小さな石の灯籠が飾ってあるのが見えたのだ。白い蛍光灯の下で、濡れたように輝いている、不気味な石の灯籠。彼女は力が抜けたように、地面に座り込んでしまった。

この話をしてやった翌朝、早くから起き出した閻魔ちゃんが、

「私もその『何とかの母』に見てもらうわ」と言い出した。

ぼくの肩を揺すって、その場所に案内するように、とせがむのだ。ぼくも少しは興味があり、電車で大泉に向かうことにした。しかし、電車を降りて、いざそこへ向かおうとしたその時、ぼくは突然行くのが怖くなった。閻魔ちゃんにとっての石灯籠が、万が一このぼくだとしたら……。

その日ぼくは、わざと道を間違え、苛々し始めた閻魔ちゃんに、店の名前も場所も、本当に思い出せないのだと、嘘をついた。

何本かあるテープの中で、唯一日付を書いたシールを貼っていないものがある。これは、閻魔ちゃん以外の人たちを撮った、ぼく専用のビデオテープなのだが、閻魔ちゃんのように几帳面じゃないぼくのテープには、題名もなければ、日付を書いたシールもない。

言ってみれば「未編集のビデオ」で、昔のバイト仲間と夜中にサイクリングしている映像から、突然ピーナツを食べる大統領のアップになったりする。

今年の正月、このビデオを持って長崎に里帰りした。もう何年も帰っていなかったせいか、最初の数日は来賓扱いしてもらえた。

ぼくが上京した年、家を建て直した。だから思い出のつまった自分の部屋というものが、ぼくにはもうない。高校の時、友達から借りっぱなしになっていたポルノ雑誌や、朋子に贈ろうと思って書いていた詩の束も、たぶんどこかの解体業者が持って行ってしまったのだろう。ぼくの手元には、もう何も残っていない。

当時、ぼくの部屋には、ソフィー・マルソーのポスターが所狭しと貼ってあった。「ロードショー」や「スクリーン」の付録を小まめに収集していたのだ。中でも素肌にGジャンだけを羽織ったポスターが好きだった。乳房の下でボタンを一つだけ留めてあって、露な胸の深い影が、三年間気になって仕方なかった。

確かに十七歳のぼくにとって、ソフィー・マルソーは女神だったわけだが、布団の中で右手が動き出す時、決まって浮かんでくるのは、その女神ではなく、もうちょっと実用的な朋子という同級生だった。

しかし、結局ぼくが朋子にできた愛の告白といえば、卒業を控えた真冬の美術室で、

「お前さぁ、なんとなくソフィー・マルソーに似てるよな」

と言った、あの一言だけだったのだ。

憧れの友人、右近は、一年の夏休みで高校を辞めていた。地元の劇団に入った彼は、コンビニでアルバイトをしながら、ぼくとは全く違う十七歳になっていた。右近とは相変わらず頻繁に会っていたが、彼の生活は子供の頃同様、どこか神秘的で、鍵穴から覗く部屋のような印象があった。

当時、右近が朋子と付き合っていた。今となっては、とんだ茶番なのだが、あの当時は右近と朋子がやっていることを考えただけで、息が詰まりそうだった。

朋子とデートする時、右近はいつもぼくを誘った。三人でよくディスコに行った。そこには劇団の仲間だという大学生の男も来ていて、よく飲みにつれて行ってもらった。居酒屋を出ると、右近は何の未練もなく、朋子を置いてその大学生の車で帰ってしまった。たまたま帰る方向が一緒だったぼくと朋子は、いつも二人で夜道を帰った。夜道で二人きりになると、ぼくは急に硬くなってしまい、つい生物の試験の話なんかをしていた。朋子はきまって落ち込んだ声になり「右近って冷たいよねぇ」と話題を変えた。

「そんなことないよ」

「たぶん、右近は私のこと好きじゃないのよ。私なんかより、あの大学生と遊んでる方が楽しそうだし……」

そんな愚痴を聞きながらも、朋子がそういう摑み所のない右近を愛しているのをぼくは知っていた。右近が持っているあの退廃的な雰囲気だとか、あの執着心の無さだとか、ぼくが妄執的に憧れているそれらの性質に、彼女も完全に飲み込まれてしまっているのを、半分自分のことのように喜びながら、ぼくは嫉妬していたのだと思う。

種明かしをされた今では、きのうの夜を引き摺《ず》っていたようなあの退廃も、実はその大学生とのセックスに疲れていただけだったのだし、あの執着心の無さについても、もう一つの世界では、人並みに愛されようとしていたわけで、神秘性など微塵もなかったということだ。

それでも朋子同様このぼくも、彼の存在には異常な興味を持っていた。

高校を卒業して一緒に上京してきた時、ぼくらは秘密を教え合った。

今思えば割の合わない取引だったような気もするが、あの頃のぼくにはそれほど重大なことだったのだろう。

ぼくは自分が真剣に詩を書いていることを右近に告白した。彼はそのお返しとして、自分が男しか愛せないのだと教えてくれた。

実際、種明かしをされてからも、ぼくはやっぱり自分が書く詩の行間に、右近が横たわっていてくれることを願った。しかし、どう足掻《あが》いても、ぼくの言葉が右近に変身することはなかった。

上京して一人暮らしをするようになって、ぼくは初めて自分の声を聞いたような気がする。ふと気づくと、一日中誰とも口をきいていない日がよくあった。静まり返った部屋の中で、ぼくは恐る恐る声を出してみた。何を言えばいいのか自分でも分からず、その時の正直な気持ち「腹が、減っています」と声に出して言ってみたのだ。初めて聞く自分の声は、思っていたほど孤独ではなかった。

そんな暮らしを続けているうち、右近につれられて、新宿で飲み歩くようになった。気にしたこともなかった他人の視線というものを、ぼくは気にするようになっていた。いつの間にかまた、必死に右近になろうとしていたのだ。

正月、長崎に帰った時、ぼくは真っ先に母の姿を撮影している。こうやって母を撮影したビデオを観ると、母が一時もじっとしていないのがよく分かる。無邪気に尻尾を振る、愛想のいい犬のように、ぼくは母のあとを追っているのだが、洗濯物を干し終わったかと思うと、布団を干し、布団を干したかと思うと、掃除機をかけ始める。いい加減、ついて歩くのに飽きてしまったぼくが「ちょっと一休みすれば」と呟いた声が、ちゃんとビデオに録音されていた。その時、チラッとカメラの方を向いた母が「あんたが帰ったあとに、干した布団に眠らせてあげれば良かった、なんて後悔するのは嫌なのよ」と微笑んだ場面で、ビデオは一日途切れる。

長崎には結局一週間ほど帰っていたのだが、その一週間で二時間分のテープを使い果たした。父は、カメラを向けると必ず説教を始める癖があって、必然的に父が登場するシーンは少ない。

家を建て替えたので、窓からの景色もすっかり変わっていた。同じ街の風景なのに、少し窓の位置が変わっただけで、こんなにも新鮮なものになるのだ。昔は、大きな樫の木のせいで見えなかった港全体の風景が、新しい窓からは一望できるようになっていた。

あの頃、もしもこの障害物のない窓からの景色を眺めていたとしたら、ぼくはこの街を去ろうとしただろうか？

夕食が終わったあと、居間でテレビを見ている映像があった。いつもいるはずの席に父の姿はない。風呂にでも入っていたのかな、と思ったが、そうではなかった。テレビで「女の自立」を叫ぶ討論会をやっていて、たぶん父はこの番組に耐えられなかったのだ。昔の父なら「消せ！」と怒鳴っていたはずだ。父の会社は、家を建て替えた翌年に倒産している。

ぼくはビデオで撮影しながら、この番組を母と二人で見ている。画面に映った母の横顔を見る限りでは、母がこの番組を熱心に見ているとは思えない。ときどき父が食べ残していった苺を摘みながら、ぼくの方をチラッと見る。映像には映っていないのだが、テレビから漏れるパネラーの声がはっきりと録音されている。

「女もどんどん社会進出するべきだ！」と叫ぶ声の中で、母は苺を摘んでいる。苺のヘタを丁寧に並べていた母が「なんか、よってたかって私を馬鹿にしているみたいねぇ」と呟く。ぼくが「あ？」と聞き返したと同時に、

「女は、家政婦じゃないんだ」

と叫ぶ女教授の声が、録音されていた。

押入れから見つけ出した子供の頃の写真も、ぼくはビデオに収めてきている。熱心に地面に落書きをしている四歳のぼくだ。

東京に戻って、このテープを閻魔ちゃんに観せた時、

「これくらい無邪気な横顔をしてたら、一日中プラモデルを造っていても文句言わないんだけどねぇ」

と、言っていた。

確かに、このビデオに撮影された四歳のぼくの横顔は、無邪気としか言いようがない。閻魔ちゃんが言うように、もしも今、この頃の無邪気さを取り戻せたら……と思う。し

かし、無邪気になった今のぼくが、同じように地面に落書きをしていたとして、その無邪気なぼくは、横に立っている閻魔ちゃんをどんな風に思うだろう？　無邪気なぼくは「気持ち悪いから、あっちに行け！」と叫ぶかもしれない。

自分の部屋が無くなっていたぼくは、二階の客間に寝かされていた。元旦の朝早く、父が二階へ上がって来て、枕元に何かを投げつけた。「何？」と尋ねると、父は、「お年玉だ」と答えて姿を消した。もうすぐやって来る親戚の子供たちに、ぼくからのお年玉として渡すようにと、金が入っていた。

「ちゃんと真面目に働いてるよ」とついたぼくの嘘は、父には信じてもらえなかったらしい。

ぼくはもう子供ではなかった。お年玉は貰えない。しかし、ぼくはまだ大人でもなかったのだ。お年玉をあげる金がないのだから。父親に用意してもらった金で、子供たちにお年玉を渡す自分が情けなくて、この日ぼくは、枕元にあるその袋の中から、一枚ずつ千円札を抜いて渡した。

長崎で撮影した最後のシーンは、母が翌日旅立つ息子のシャツに、アイロンをかけているシーンだ。母がアイロンをかけながら「どんな女の子なの？」と唐突に聞く。画面が一瞬グラッと動揺する。

「付き合ってる女の子がいるんでしょ? どんな人なのよ?」

「誰とも付き合ってなんかないよ」

「恥ずかしがることないじゃないのよ。帰って来た時、あんたの着ているシャツを見て、お母さんすぐにピンときたもの。母親ならすぐに分かるものなのよ。あんたがあんなに上手にアイロンをかけられるわけがないじゃないの」

画面はずっと、アイロンをかける母の手元をアップで撮影し続けている。シャツの上を走るアイロンの映像に、二人の言葉だけが録音されてある。

「何年も一人暮らししてれば、アイロンがけだって巧くなるさ」

「そういうものかしらねぇ? あんたもお父さんと一緒で、何にもできないとばっかり思ってたのにねぇ」

実際、母のこの言葉は当たっている。父はただ強く、そして母はただ美しいだけ、結局ぼくは、そんな古臭い家庭に育った息子なのだ。

たった今まで、このテープはこのアイロンのシーンで終わっているものだとばかり思っていた。最後のシーンを見終わってトイレに立ち、部屋に戻ってみると、見たこともない映像が流れていた。ぼくは画面に齧《かじ》りつくように、それを観た。

台所の流し台に置いて撮影したのだろう。椅子に座った母がビデオに向かって、

「これで本当に映るのかしら？」

と、惚けた顔で覗き込んでいた。しばらくの間、何を喋るでもなく、レンズをじっと見つめていた母の背後を、父の背中がさっと横切る。母は父の方を振り向きもせず、

「ねえ、お父さん？　東京であの子、このビデオで何を撮ってるんでしょうね？」

と、尋ねる。父は一言、

「知るか！」と、怒鳴って部屋を出て行く。

怒鳴られた母も、毎度のことなのか、表情一つ変えずに、

「きっと若い頃のお父さんと一緒よ。8ミリ持って私のこと追いかけ回してたでしょ」

と笑って、テープは終わる。

閻魔ちゃんと一緒に、このテープを観た時も、ぼくはアイロンのシーンが終わるとすぐ、部屋を出て風呂に入った。風呂から出てきたぼくに、閻魔ちゃんがどこか哀しそうな顔で「ビデオなんて買わなきゃよかったわ」と言った言葉が、今ようやく理解できた。

長崎から戻って来ると、なんとなく調子がおかしくなった。体というよりも、心の調子が変だったのだ。それまで気にもしていなかったことを、急に気にするようになっていた。

たとえば閻魔ちゃんと二人で三宿のレストランに行った時のことだ。ぼくは通りかか

ったウェイターを呼んだ。忙しそうなウェイターは、ぼくの声に気づかず、そのまま無視して通り過ぎてしまった。そこには「すいません」と叫んだぼくの声だけが残った。ウェイターに無視された自分が、というよりも、ウェイターに無視された男を恋人に持っている閻魔ちゃんが、ひどく惨《みじ》めな存在に思えた。こういう神経質すぎる思いやりを、この頃では頻繁に感じるようになっていた。それはタクシーに乗車拒否された時にも感じたし、閉まりかけたエレベーターに乗れなかった時にさえ感じた。

自分の格好悪さが、そのまま閻魔ちゃんの価値を下げているような気がしていたのだ。この頃になると、ぼくはそれまで朝起きてから剃っていた髭を、夜寝る前に剃るようになっている。自分でも信じたくないのだが、たぶんそうするようになったのは、ベッドの中で、閻魔ちゃんがぼくの顎《あご》を撫でようとしなくなっていたからなのだ。

それとまったく同じ理由で、ぼくは頻繁に、閻魔ちゃんの財布から金を盗む。盗むといっても、レンタルビデオの延滞料程度のものだが、もちろん悪気はある。愛されようとするのは、救いようのない悪気だと思う。

このテープには、その悪気ある男の姿が撮影されている。固定したビデオで、自分自身を撮影しているのだが、一度観ただけで、そのあと再び観ることはなかった。ここに映された豪華な浴室は、目白にあるフォーシーズンズホテルの浴室だ。ちなみにこの部屋は一泊四万もした。この映像には、お湯を満たした浴槽に、一万円札を一枚一枚浸けている、自分の後ろ姿が映っている。一万円札は全部で三百枚あった。裸になったぼくは、その三百枚の万札が浮かんだ浴槽に一緒に浸かっている。時々カメラの方を向いて立ち上がるぼくの腹や肩には、濡れた一万円札が何枚か貼りついている。一万円札の貼りついた自分の裸体を見下ろしながら、画面の中のぼくは不機嫌な笑みを浮かべる。

実はこの夜の前日、あることを頼まれていた。

「新しい店の内装費の頭金を、銀行から下ろしておいてくれないかしら」

閻魔ちゃんにそう頼まれたのは、いつものベッドの中だった。しかしその二、三日前にも勝手に財布から盗んだ金のことで文句を言われていたぼくは、まさか本気だとも思わなかったし、眠かったのもあって「ああ、分かった」とだけ答えて、背中を向けた。

翌朝になって起きてみると、閻魔ちゃんの姿はなく、テーブルに暗証番号が書かれたメモと、キャッシュカードが置かれてあった。

ぼくはその前に座り込んで考えてみた。ぼくを試そうとしているのだろうか？　ぼくがこの三百万円を持って逃げるかどうか、決死の覚悟で試そうとしているのだろうか？　と。

かなり長い時間悩み抜いたと思う。そして結局こういう結論に達した。閻魔ちゃんは試そうとしているのではない。きっと裏切られてみたいのだ。そういったドラマティックな出来事に、閻魔ちゃんは飢えているのだ。

そう思い当たると、自分が酷く情けないジゴロのような気分になった。遠回しに「あなたは自分の役割を果たしていないのよ」と非難されているような気さえした。もしもこれまでの閻魔ちゃんが、愛人の裏切りを克服することで、愛の確証を得ていたとすれば、ぼくはまったく出来損ないの愛人だったわけだ。

結局、その金を持ってフォーシーズンズで三泊し、四日目に部屋に戻った。閻魔ちゃんは予想通り、怒りと安堵に体を震わせてぼくを迎えたが、ぼくには嫌な任務を遂行したスパイのような後味の悪い疲れしか残っていなかった。

このビデオには撮影されていないのだが、このあと、万札風呂から上がったぼくは、一枚一枚丁寧に、一万円札をドライヤーで乾かしているのだ。

どのシーンを観ても、中途半端なぼくだが、一度だけ完璧だと思えたシーンがある。その一世一代の名演は、残念ながらビデオには撮影されていない。勿論そんな余裕などなかったわけだが。

閻魔ちゃんは極度な寂しがり屋で、ぼくが少しでも一人で別の世界に入ろうとすると、すぐに襟首を摑んで自分の元へ引き戻そうとする。その夜ぼくは、ソファに寝転んで本を読んでいた。もう何度となく繰り返し読んでいる詩集なのだが、カモフラージュの為に探偵小説のカバーがついている。とにかく、ぼくがその本の世界に入り込んでいると、寂しがり屋の閻魔ちゃんがやって来て、頻《しき》りにぼくの臑《すね》の毛を撫で始めた。放っておけば、すぐに飽きるだろうと無視していたのだが、その夜に限ってなかなか離れようとしなかった。

「ねぇ……ねぇ……」

ぼくは返事もせずに、読み続けようと努力した。しかし他人に体を触られていると、どんなに努力しても集中力がなくなってくる。だんだん鬱陶しくなってきたぼくは、何の気なしにその愛撫を蹴り払おうとした。一回、二回、軽く足を振ってみた。そして三回目、ぼくは自分でも驚くような力で、閻魔ちゃんの顔面を蹴りつけてしまったのだ。

飛び起きて閻魔ちゃんを見た。息がつまるような沈黙があった。俯《うつむ》いていた閻魔ちゃんが顔を上げた。鼻から血が流れていた。ぼくはその瞬間、その沈黙の中で、閻魔ちゃんではなく、本名「岩倉雅人」の顔を見た。

男の顔を蹴りつけたことに気づいたぼくは、反射的に身構えた。殴り返される危険を肌で感じたのだ。男同士の、殺気立った沈黙が続いた。

沈黙の中で、狼狽えるのは卑怯な方らしい。ぼくは声を震わせて叫び出していた。

「お、お前が悪いんだからな！　しつこく触るお前が悪いんだからな！」

自分で自分の怒声に怯え、顔を引き攣《つ》らせているのが分かった。じっと睨んでいる目の前の男から逃れるように、ぼくはソファから立ち上がり、玄関の方へ駆け出した。自分でもどうしていいのか分からなかった。

「待って！　ちょっと待って！」

部屋から追って来た声は、いつも通りの女っぽい声だった。ぼくはその声にホッとした。玄関で靴を履きかけていたぼくに、閻魔ちゃんが縋《すが》りついてきた。腰に縋りついてきた閻魔ちゃんの腕に、ぼくはすっかり落ち着きを取り戻した。

「くそ！　放せ！」

「落ち着いてよ。大丈夫だから、私なら大丈夫だから」

この愚かなるむすめが、ぼくにはもう、愉快でさえあった。腰に縋りついたままの閻魔ちゃんを引き摺りながら、マンションの廊下をズルズル進んだ。しばらく、このまま地獄の夫を演じ続けようと思った。ぼくの演技は完璧だったのだろうと思う、動転した地獄の夫を見事に演じていたのだろうと思う。愚かなるむすめは、必死に引き止めようとした。

非常階段まで引き摺ったところで、立ち止まった。振り返って、鼻血を拭いてやれば済むことだった。振り返ろうとした動作と、閻魔ちゃんが立ち上がろうとした動作が、タイミング悪く重なった。ぼくの肩が、ちょうど閻魔ちゃんの背中を押す格好になり、摑もうと伸ばした腕が、閻魔ちゃんの胸を押してしまった。長い階段を閻魔ちゃんは悲鳴も上げずに転がり落ちた。その声無き悲鳴に、ぼくは身動きできなくなった。コンクリートにぶつかる鈍い肉の音がして、低い呻きが聞こえた。ぼくは階段を駆け降りた。膝がガクガク震えていた。ぼくの足音を聞きつけて顔を上げた閻魔ちゃんの額から、流れる血が見えた。踊り場に蹲《うずくま》った閻魔ちゃんがぼくを見上げていた。

「……大丈夫。私なら大丈夫」

そう言った閻魔ちゃんに、かけてやる言葉はこれしかなかった。

「邪魔だ！　どけ！」

声は震えていただろうが、この時ぼくは、最後まで地獄の夫を完璧に演じ切ったのだと思う。

本当に閻魔ちゃんに嫌われたいのなら、たった一言「ぼくは詩を書いています」と言えばいい。しかし、嫌われたくないからこそ、額から血を流す閻魔ちゃんに「邪魔だ！どけ！」と叫ばなくてはならないのだ。

閻魔ちゃんのような人が縋りつくのは、探偵小説を読むぼくであって、詩集を読むぼくではない。

閻魔ちゃんの店では、とにかくいろんな人たちと知り合いになる。彼らを見ていると、本当に日本人だなぁと思う。彼らの悩みだとか、主張だとか、処世術だとか、何から何までこの国を象徴しているように思えるのだ。たとえば「オカマっぽくないね」と言われるのが、最高の褒め言葉になってしまうようなものだ。

ある晩、そういう意味では、とても具体的な男と隣り合わせた。

「俺さぁ、二丁目って、本当嫌いなんだよ。チャラチャラした奴ばっかりで、女の腐ったような、見せかけばっかりの奴しかいないだろ？」

「そうかしらねぇ？」

閻魔ちゃんは気の無い返事で相手をしていた。結局その男は、延々二時間も喋った挙句、帰り際になって「やっぱり二丁目って苦手だよ」と言い残し、姿を消してしまった。ぼくが「なんだ？　あいつ？」と閻魔ちゃんに微笑みかけると、閻魔ちゃんはグラスを片付けながら「この街が嫌いだって言いに、毎週この店に来てくれる良いお客さんなのよ」と笑っていた。

閻魔ちゃんが好きなアメリカのゲイ小説に、こんな一節がある。

『デビッドにフラれた僕は、もうどうにでもなれ！　って感じだった。毎晩のようにその手のサウナに通った。フェラチオする相手なんて誰でもよかった。僕は日本人とさえヤッた。とにかく、人生最悪の失恋だった』

この章を読んで、ぼくは愕然とした。結局、二丁目が嫌いだと言っていたあの男と同じように、自分たちを一番馬鹿にしているのが、自分たちなのだ。

闇魔ちゃんの店の客には、こんな奴もいた。

妙にエキセントリックな笑い方をする新聞記者で、初めて隣り合わせた夜、ぼくは、朝の四時まで、報道人の倫理とやらを説明された。

「今の世の中、物足りなさを味わうっていう風雅がないんだ。君はそう思わない？　何もかも追究しようとするんだ。そしてそれが美徳になってる。物足りなさ＝不完全だと思っているんだ。だから人は追究する。追究すれば必ず矛盾が生じる。生じた矛盾を巧い口実でカバーする。その口実こそが主張。みんなそう思っているんだ。とんだ誤解だよ」

トイレにも立てないぼくを、闇魔ちゃんが掩護《えんご》射撃してくれた。

「アンタ、一流新聞社に勤めているんだから、もっとK公園の事件とか、大々的に扱いなさいよ！　去年だけで何人殺されてると思ってるのよ！」

その男は例のエキセントリックな笑いを浮かべて、

「だけどねぇ、闇魔ちゃん。情報の押売りは危険なんだよ」と悦に入っていた。

ぼくは、ヤクザまがいの新聞勧誘員の顔を思い出したのだが、敢えてそのことは控えてやることにした。

たぶん仕方のないことなのだろうが、遠い昔、右近が持っていたあの魅力で、ぼくを射止める者は、もういない。閻魔ちゃんの店に来る客で、あの頃の右近のように、清冽《せいれつ》な光を発している者は見当たらない。右近の輝きが、何によるものだったのか、ぼくには分からない。ただ、右近が輝き、ぼくは眩しい思いをしたという事実があるだけだ。

ここに、まさしくこれぞ閻魔ちゃん、といえる映像がある。マリネさんたちと行った伊豆へのドライブの写真を、閻魔ちゃんとふたりで見ているのだが、ぼくは写真に写っている自分の姿を、ビデオで撮影しながら、なんとなく、

「なぁ、いくつまでが青年だと思う?」

と、閻魔ちゃんに聞いている。チラッとカメラの方を見た閻魔ちゃんは、

「この国には青年はいないわよ」と言い切った。

「アンタにしたって、店に来る若い子たちにしたって、青年に必要なものが欠けているのよ」

もう殆ど聞いていないぼくに、それでも閻魔ちゃんは続ける。

「青年というからには、野心とか野望とか、そういった血腥《なまぐさ》いものが必要なのよ! 分かるかしら?」

「……」

「分かるかしら?」

「だっていつもは、暴力反対! 暴力追放! って言ってるくせに……」

「そりゃそうよ。暴力は反対よ。でもね、正義のためにふるう暴力だけは必要なのよ」

「矛盾してるよ」

「あら、矛盾してるから、オカマなのよ」

　ぼくはこの部屋に、自分専用の電話を引いている。長崎から帰って来た頃、留守番電話に「お願いだから、寂しそうな声を聞かせないでくれ」という母の伝言が入っていた。自分ではクールなつもりで入れた留守電のメッセージが、母には寂しそうに聞こえたらしかった。

　ぼくは早速、電話の前にしゃがみ込んで、そのメッセージを入れ直した。できるだけ元気な声を出してはみたのだが、いざ聞き返してみると、やっぱり母が言うように寂しそうにしか聞こえなかった。

　あの時、誰もいない部屋の中で「只今外出しております……」と何度も繰り返していたぼくは、実際に寂しい人間だったのかもしれない。

　自分専用の電話を引いているのには、もちろん理由がある。両親には一人暮らしをしていることになっていたし、閻魔ちゃんは誰にでも気軽に紹介できる人ではなかった。

あるとき約束を破って、閻魔ちゃんがぼくの電話に出たことがあった。電話は母からのものだったらしいが、風呂から上がって来たぼくに、閻魔ちゃんは慌てて、

「お母さんからだったみたいだけど、大丈夫、ちゃんと男言葉で喋ったし、遊びに来ている友達だって嘘ついておいたから」

と、必死に弁解していた。

閻魔ちゃんは、自分の男言葉がどれくらい変なものか、気づいていないらしいが、一生懸命弁解している閻魔ちゃんを見ていると、電話に出るな、と言った自分が、とても狭量な男に思えた。

結局、苦しみにも二通りあって、それは認めてもらえない者と、認めなければならない者とが、それぞれ一つずつ持っているのだろうと思う。その点で言えば、ぼくの母に男言葉で話してやる閻魔ちゃんは、母が持つべき苦しみと自分自身の苦しみとを、一手に引き受けていることになる。

これは閻魔ちゃんが言っていたのだが、ある週刊誌を読んでいて、「どう考えても、私が一人二役しているとしか思えないわ」と、首を傾げていたことがあった。雑誌を覗いてみると、そこには現代的な男と女の姿が特集されていた。料理好きな夫に、自立した妻。確かにその二つを足せば、閻魔ちゃんができあがる。

「っていうことはよ、私が現代の模範なのね」

閻魔ちゃんはそう言いながら、気難しそうに臑を掻いていた。

この頃のテープに映っているぼくは、何を血迷ったのか、必死に閻魔ちゃんが話す女言葉、その口調を真似しようとしている。どんなに刺《とげ》のある言葉でも、痛みを与えずに肌に突き刺さるような言葉。流れた涙の意味ではなく、その滑稽なしょっぱさを強調するようなリズム。そういったものを、ぼくは必死に学ぼうとしているのだ。しかし、どう頑張ってみても、それが成功しているとは思えない。ぼくのは、閻魔ちゃんのとは違って、一向に人を笑わせることができていない。

ぼくが、閻魔ちゃんを知らない人たち、たとえば田舎の両親だとか、真っ当な生活をしている友人たちに、閻魔ちゃんの魅力を伝えられないのは、たぶんこれと同じ理由なのだろうと思う。

床に座って、何かやっているぼくの背中を、閻魔ちゃんがそっと近寄りながら撮影している映像がある。閻魔ちゃんが、その背中に向かって突然、

「アンタ、将来どうするつもりなのよ?」と聞く。

ビクッとした画面の中のぼくは、熱心に航空母艦「赤城」のプラモデルを造っているのだ。まったくふいをつかれたという表情だ。平日の昼下がりに、部屋の中で「赤城」を造っているような男が、偉そうなことを言えるはずもない。

「赤城」の設計図を撮影し、再びカメラを向けた閻魔ちゃんに、

「将来は、小説家にでもなるさ……」

とぼくは笑ってみせるのだが、

「あら、それじゃ私は、文壇バーのママになるわけね」

と、止めを刺す。

この朝が日本晴れだったのを、ぼくは今でも鮮明に覚えている。何故そんなことを覚えているかというと、この日、夕方過ぎてから突然雲行きが怪しくなり、夕食に招いていた大統領が、ずぶ濡れでやって来たのを忘れることができないからだ。

そして、ずぶ濡れの大統領の姿を忘れられないのは、その姿を撮影したこのテープを、もう何度も何度も観返しているからなのだ。

実際に大統領と逢って話をしたのは、この日が最後ではない。しかし、ビデオに収められた大統領の姿は、残念ながらこれが最後なのだ。

ぼくはたまたま十階のベランダから、ずぶ濡れの大統領がマンションの玄関に駆け込んでくる姿を撮影している。

車の往来の激しいマンションの前を、彼は信号を無視して渡ろうとする。撮影しているぼくは、十階のベランダから、

「おーい！　大統領！　こっち向け」

と、叫んでいる。そしてその声は、雨の音に混じって録音されてある。

彼は、ぼくの声に気づかず、危なっかしい足取りで、広い通りを走って渡る。このビデオは、さっきも言った通り、もう何度も何度も繰り返し観ているのだが、何度観ても、このシーンになると、ぼくは心の中で「おーい。こっち向け！」と同じように叫び出したくなる。

もう一度巻き戻して観直せば、もしかすると今度は、ぼくの声に気づくのではないだろうかと思っているのだ。しかし、何度観直したところで、彼がぼくの声に気づくことはない。

この夜、大統領と三人での食事風景の中、一番はしゃいでいるのが、閻魔ちゃんだ。ぼくと大統領に挟まれて、言ってみれば両側から綱を切られるかもしれないような綱渡りの最中だというのに、閻魔ちゃんはもう、殆ど憑かれたように明るい。

この夜は、ずっとぼくがビデオを廻していたらしく、二人の口が次々と脂っぽい肉を嚙み砕くアップの映像が、これでもかというくらい続いている。脂のついた唇のアップは、我ながらデカダンを感じさせる良い映像だと思う。

食事風景が終わると、台所で皿洗いを手伝う大統領の映像に変わる。二人は充分にカメラを意識しながら、手際よく食器を片付け始める。

「アンタもこれくらい手伝ってくれれば、文句ないんだけどねぇ」

「またぁ、そんなこと言って、実際こんなことされたらすぐに興醒めするくせに」

そう言って大統領に茶化された閻魔ちゃんも、別段照れる様子はない。

「そうなのよ。実際マメな男と一緒にいると、すぐ飽きちゃうのよねぇ。なんて言うのかしら、マリネなんかに言わせると、私は病人フェチらしいわ」

「病人フェチ？　なんだよ、その病人フェチって」

「だから、何から何までやってあげたくなるのよ」

三人で大笑いしている最中に、この映像は途切れる。次に現れるのは、画面一杯に拡がった床の映像だ。

たぶん停止ボタンを押し忘れて、そのまま床に置いてしまったのだろう。画面には、広大な砂漠のような絨毯以外、何も映っていない。ただその砂漠の風景の中に、大統領が喋っている声だけが、熱っぽい風のように録音されている。

「俺さぁ、誰かのことを好きになるだろ、そうしたら、そいつの唾が飲みたくなるんだ。だから、俺、異常なのかなぁ？　でもさぁ、もしもだよ。正常な愛し方があるんなら、誰か教えて欲しいよ」

画面に、彼の姿は映っていない。

これは大統領が殴り殺されて、そろそろ三ヵ月になる頃の映像だ。驚くべきことは、彼を失ったその後のぼくらの生活が、いつの間にかすっかり元通りになっていたということだ。あの哀しみを乗り越えるために、歯を食いしばった覚えはない。それは本当に驚くべきほどの自然さで、いや、憎むべきほどの自然さで、元に戻ってしまっていた。閻魔ちゃんは相変わらず「徹子の部屋が始まったわよぉ」と寝室にいるぼくを呼ぶし、夜中に買ってくるアイスクリームの数も、それまで同様、ちゃんと二つなのだ。

ただこの三ヵ月のうちで一度だけ、そんな薄情な自分にどうしても耐えられなくなったことがあった。

ちょうど、事件のあとに上京していた大統領の両親が、彼の荷物をまとめて静岡へ帰ったという知らせを聞いた頃だったと思う。静岡で営まれる彼の葬式では、参列した親類たちが、

「交通事故で亡くなるなんてねぇ」

と、言いながら、彼の死を悼《いた》むことになるのを知った。その話を聞いて、ぼくは彼の歪《ゆが》められた死因について、居たたまれない憤《いきどお》りを感じたのだ。

結局回数にして三回、ぼくはK公園に行った。

もちろんその現場に立ち、感傷的に彼の死を悼むために行ったのではない。公園に着くまでのぼくは、確かに毎回、血腥い復讐を力に、重いペダルを踏んでいたのだ。

しかし公園に着いたぼくがやったことといえば、絶対にあいつらが現れないような場

所、要するに、いつでも外へ逃げ出せるような明るい場所を、一晩中歩いていただけだ。そして、その安全な場所で朝を迎えたぼくは「今夜はもう現れないな」と自分を許し、また自転車に乗って公園から逃げていた。

ここに、たまたまそんな朝を撮影した、数分の映像がある。確かなことは覚えていないが、おそらく三回目にK公園から帰って来た朝のものだと思う。

店から戻っていた閻魔ちゃんが、たまたまビデオを廻して部屋の様子を映している中に、歩き疲れたぼくがK公園から戻って来る。

閻魔ちゃんは画面の中に割り込んできたぼくに「こんな時間までどこ行ってたのよ?」と質問している。ぼくは汗まみれの服を脱ぎ捨てながら「友達とサイクリング」と笑って答える。

カメラの前で裸になったぼくは、脱ぎ捨てた服を抱えて洗面所へと向かう。そのあとをカメラがついて来る。ぼくは抱えた服を全部洗濯機の中に放り込み、腕時計まで、その中に投げ入れている。そしてビデオを抱えた閻魔ちゃんを押し退け、玄関から、その夜履いていたスニーカーを摑んで戻ってくる。

スニーカーを洗濯機の中に投げ入れたぼくに、閻魔ちゃんが慌てて「やめてよ! 洗濯機が壊れるじゃないのよ!」とヒステリックな声を上げる。ぼくは「大丈夫だよ」と答えて、スタートボタンを押す。本気で止めに来るかと思ったが、その時の閻魔ちゃんは、不思議と黙ってそんなぼくを見守っていた。

ここに映っているぼくは、明らかにその夜の行動を恥じている。その夜、K公園でやって来た卑怯な行為を、自分が身に付けていたものに、粛清させようとしているのだ。

ここで途切れた映像は、次に、台所でお湯を沸かしているシーンに変わる。

裸のまま、ぼくはじっとコンロにかけられたヤカンを見つめている。映像は、そんなぼくの横顔から、ガスコンロのアップに移り、そこで青々と燃える炎をズームアップする。ヤカンの蓋から白い湯気が噴き出し、沸騰する音が録音されている。

きっとこういうことなのだろうと思う。画面に映っているのは確かにガス、炎、熱湯なのだけれども、この時のぼくが辿り着きたかったのは、結局ただのコーヒーだったのだ。


大統領が殴り殺されてから、唯一変わったことといえば、ぼくはその頃からまた、佐和子と逢うようになっていた。

彼女は世田谷の呪われたマンションを出て、品川の実家に戻っていた。縒《よ》りを戻したというのではなかった。ぼくは閻魔ちゃんの隣で、彼女からの電話を受け、そこから彼女に逢いに行った。

久しぶりにかかってきた電話で、彼女が半年後に結婚することを知らされた。たぶん昔の男に順番に知らせていたのだろう。早速ぼくは、彼女を誘った。

この電話で、彼女が何を欲しているのか？　伊達に男と暮らしているわけじゃない。男に頼って暮らしていれば、女の気持ちも分かってくるのだ。

久しぶりに再会した夜、彼女は昔と同じようにベッドの中で服を脱いだ。最後の一枚を床に落とすと、彼女はゆっくりと毛布の中から顔を出した。ソファに座って、床に積み上げられていく彼女の服を、ぼくは正確に数えていた。そして毛布から顔を出した彼女に、いきなり、

「指を舐《な》めさせてくれないか」と頼んだ。

彼女は面白がって指を差し出したが、ぼくはあの夜、本気でその指を舐めた。

佐和子とのセックスが、砂漠で飲む一杯の水だとしたら、閻魔ちゃんとのそれは、蒸し暑い夜に浴びる激しい雨だ。最後の一滴まで飲み干すか、体中を濡らしてみるか。どっちにしたって、ぼくの渇きは癒《い》えるのだ。

彼女とは結局毎週逢うようになった。短大時代の友達が羨《うらや》むような結婚を、彼女は半年後に手に入れる。ぼくはといえば、食うに困らぬオカマの愛人。こんな二人が一緒にいれば、楽しくないわけがない。責任は全部他人任せで、大いに自由を満喫できる。

彼女はもう、夏休みの宿題を全部終わらせてしまった子供のようだったし、ぼくはぼくで、二学期から学校に行くつもりなど更々なかった。

ぼくと彼女は、週に二時間、タンゴ教室にまで通うようになった。なんでいきなりタンゴなのか、自分でも気がフれたとしか思えない。もちろんタンゴ教室のことは、閻魔ちゃんには内緒だったが、時々部屋で、基本的なステップを教えてやった。

「スロー、スロー、クイック、クイック。基本さえしっかりしてればいいんだよ。あとは何やったっていいんだから。何でも、基本だよ。基本。基本」

ぼくは先生の言った通りに閻魔ちゃんに教えた。しかし、どう頑張っても、閻魔ちゃんのリンクはぎこちなかった。

「アンタねぇ、基本、基本って簡単に言うけど、その基本って何なのよ?」

疲れ果てた閻魔ちゃんは、そう言ってソファに逃げ出した。閻魔ちゃんの質問は、教室で佐和子が先生にしたものと、まったく同じものだった。ぼくは先生が佐和子に答えたのと同じように、閻魔ちゃんに答えてやった。

「タンゴの基本はですねぇ、男と女がいることですよ」


小学生の頃、偶然テレビで見た「フレンズ」という映画を、最近よく思い出す。この映画は、ぼくや右近、それに大統領が生まれた年に撮られたもので、フランスの田舎町が舞台になっている。優れた映画だとは言えないが、生涯忘れられないだろう、あるシーンをぼくはこの映画の中に持っている。

これは、家出をした十四歳の男の子と女の子が、田舎で二人だけの暮らしを手に入れようとする物語だ。廃屋に住みついた金もない彼らは、愛だけで暮らしていこうとする。しかし、そんな生活が長続きするわけもない。男の子が市場から盗んできた一匹の魚を、二人で分け合うような暮らしなのだ。そんな中、男の子が町の闘牛場で清掃員の仕事を見つける。そして、この映画の中、ぼくが一番好きなシーンになる。

満員の観衆の中に少女の姿がある。始まった闘牛に立ち上がって熱狂する観衆の中、彼女だけが、ぽつんと一人座ったままでいる。見事なファエナで牛が殺され、マタドールが退場したあと、次の試合のためにグランドの清掃が始まる。興奮していた観衆は一人二人と腰を下ろしてしまう。そんな中、少女が勇敢にも、一人立ち上がる。そして箒《ほうき》を持ってグランドに現れたその少年に、彼女は歓声を上げ、誇らしげに拍手を送るのだ。

ぼくはこのシーンを思い出すと、急に素っ裸になったような気がする。もしもぼくがグランドを清掃するとして、誰がこの観衆の中、立ち上がってくれるだろうか？　そして、その立ち上がってくれる人を、ぼくはこの少年のように大切にしてやれるだろうか。

これが、閻魔ちゃんの最新映像だ。

画面の中の閻魔ちゃんは、退屈そうにソファに寝転がってタバコを吸っている。その非難がましい表情は、まったく演技を超えている。時々ぼくの方をチラッと見て、「ねえ、せっかくの休みなんだから、たまには『どこかに連れて行ってあげようか』なんて言えないのかしらねぇ」という台詞を、目の動きだけで表現しようとしている。

突然、電話が鳴り、ぼくはテーブルの上にある電話をアップで映している。画面の中に閻魔ちゃんの手が伸びて受話器を握る。その時、窓の外から車がぶつかる音が聞こえて、ぼくは慌ててベランダに飛び出している。ベランダから下の通りを撮影しているぼくの背中に、

「何？　事故？　人なの？」

と叫ぶ、閻魔ちゃんの声が録音されている。

画面には、ガードレールにぶつかったトラックの映像が映っているが、それ程大きな事故でもない。運転席から出てきた男も、照れ臭そうに周囲の人たちに、頭を下げている。

ぼくはその頭を下げる運転手を撮影しながら、

「ガードレールにぶつかっただけみたいだよ」

と、部屋の中の閻魔ちゃんに報告する。しばらくの間、立ち止まっていた通行人が、一人二人とその場を離れていく様子をぼくは撮影し続けている。

カメラを廻したまま、部屋の中へ戻っても、閻魔ちゃんはまだ電話中だった。電話中の閻魔ちゃんには、変な癖がある。電話で喋りながら、その喋った言葉の端々を綿々と

メモに書き留めるのだ。長電話が終わった後なんかには、数十枚ものメモが電話の横に残っていることもある。

この時の閻魔ちゃんも、例に漏れず無意識にメモをとり続け、ぼくはそんな閻魔ちゃんの背中を、引き続き撮影している。

「せっかく誘ってもらったのに、悪いわねぇ……どうしても外せない用があって、今夜はちょっと無理なのよ。ごめんなさいねぇ」

さっきまで「退屈だ、退屈だ」と目で訴えていた閻魔ちゃんに、何の用があるというのか？　首を傾げたぼくと一緒に、撮影されている映像も、カクッと斜めに角度が変わる。

電話を切った閻魔ちゃんに、

「何の用があるんだよ？」

と、聞くと、閻魔ちゃんはただ一言、

「行きたくなかったのよ」

とだけ答えて、また退屈そうにソファに寝転がった。

「誰からの誘いだよ？」

執拗に尋ねるぼくに、閻魔ちゃんは面倒臭そうに説明し始める。なんでも店の常連さんからの誘いで、今夜バーベキューをやるから来ないか？　という話だったらしい。商売柄そういった誘いには必ず顔を出しているくせに、どうして今夜に限って断るのか？それもこんなに退屈な休日に。ぼくの当然の問いに、閻魔ちゃんは、

「場所が嫌なのよ。みんなが集まりやすいからK公園だって言うんだもん」

と答えて、黙り込んでしまう。

理由を知ったぼくが、この時どんな気持ちになったか、次の映像を見れば分かる。次の映像には、台所で、冷蔵庫から取り出した紅茶に、レモンまで搾ってやる自分の手元が、撮影されているのだ。

ぼくはリビングに戻り、その紅茶を閻魔ちゃんに手渡している。

「断って正解だよ。あそこでバーベキューやるなんて、屍体の上でダンスを踊るようなもんだな」

グラスを受け取る閻魔ちゃんの表情は、驚くほど無愛想だ。紅茶を一口、不味そうに飲む。そしてチラッとカメラの方を見る。

「みんなが助かるためによ、誰か一人が犠牲になるんだったら……みんな助からなければいいのよ」

映像は、閻魔ちゃんがそう言った場面でブツリと切れる。

これで全部のビデオを観直したことになる。きのうの夜から観始めて、結局丸一日か

かってしまった。

きのうの夕方、突然母が家出して来た。今、新宿のホテルに着いたのよ、と電話で報告してきた母に、ぼくは「なんで?」と頓狂《とんきょう》な声を上げたが、

「とにかく、来たのよ。お父さんを置いて、私一人で来たの。そう、一人で来たのよ」

と、興奮冷めやらぬ様子だった。

電話口で、いくら家出の原因を問い質しても、お父さんを置いて来たのよ、と、頻《しき》りに繰り返すだけ、一向に埒《らち》があかない。とにかく、母がいるというホテルに行ってみることにした。玄関で靴を履いていると、閻魔ちゃんがノコノコ出て来て、

「落ち込んでる女に、冷たくしちゃ駄目よ」と、知ったような口を叩いた。

「落ち込んじゃいないよ。逆になんて言うか、鬼の首でも取ったみたいな感じなんだ」

「鬼の首?」

「そう。あれはきっと、親父を一人置いて来た自分に、自分で驚いてるんだよ」

閉まりかけた玄関の中から、

「女心は複雑なのよ」と呟く、閻魔ちゃんの声が聞こえた。

ホテルに着いて、よくよく訳を聞いてみたのだが、途中から馬鹿らしくなって止めた。

何はともあれ食事でもしようということになり、前に閻魔ちゃんと行ったことのある、そのホテルのイタリアンレストランに予約を入れた。電話でレストランに予約を入れる

ぼくを見て、

「あんたも大人になったのねぇ……きっと付き合ってる女の子のお陰だわ」

と、変に感心されてしまった。予約を入れた時間まで、少し間があった。母は窓から夕映えを眺めていた。

「そうだ。せっかく東京まで来たんだから、あんたの彼女に会って帰ることにするわ」

「だから彼女なんていないって」

「だったら、あんたの部屋を見て帰るわ」

どっちにしろ、万事休すだった。一人暮らしの自分の部屋を、母親に見せない息子というのが、果たしてどれくらいいるのだろうか？　勿論ぼくは、そんな冷たい息子ではない。しかし、見せたくても、見せられないものもある。

ちょっと考えただけで、すぐに良いアイデアが浮かんだ。両方の要求から逃れる、最善の策だと思われた。

「分かったよ。でも、急な話だから今夜来れるかどうか……」

母は急に目を輝かせ、電話をかけるぼくの隣で、じっと結果を見守り始めた。この時の母が、一体どんな女を想像していたか、さすがに閻魔ちゃんを想像することはなかっただろう。運良く、佐和子はいた。

手短に事情を話し、詳しいことは来てから教えると言って電話を切った。そしてたとえばこういう風に決まっていく結婚もあるのだろうなと思った。

待ち合わせの場所を決めている最中、佐和子が、

「なんとなくは分かったけど母親に紹介できない女って、一体どんな女と暮らしてるのよ」

と笑っていた。

その時ふと、その母親に見せられない女の顔が脳裏に浮かんで、心の隅がチクッと痛んだ。

落ち込んでいる女には、冷たくしちゃ駄目よ……か。

華やかな佐和子の姿を見て、母は未来の幸福を信じたに違いない。三人での食事は、それこそ何の滞《とどこお》りもない披露宴のように進んだ。母はあくまでも良い未来の姑だったし、佐和子は佐和子で、完璧な未来の花嫁を演じてくれた。しかし、いよいよ花束贈呈の時間がやって来た頃、その均衡は崩れ始めた。

「私、料理が嫌いなんですよ。確かにお母さまくらいの年代の方だと、そういうことが楽しいのかも知れませんけど、私はやっぱり休みの日には、いろんな所に行って羽根を伸ばしたいわ」

「あら、料理が嫌いな嫁なんて、旦那さんが可哀相だわねぇ」

「おい！　誰もまだ結婚するなんて……」

「勿論よ。私はただ佐和子さんの旦那さんになる人が、可哀相だって言っただけですもの」

母がトイレに立った時、ぼくは慌てて佐和子に抗議した。佐和子はやっと我に返ったようだった。

「あ！　ごめんなさい。だってだんだん、本物の姑に見えてきちゃって、ほら来月結婚する人の……」

トイレから戻ってきた母に、ぼくは別の話題を振った。折角東京まで来たのだから、何かやりたいことはないのか？　と。母はしばらく言い澱《よど》んでいたのだが、打って変わった佐和子の優しい勧めもあり、おずおずとそのやりたいことやらを口にした。

「絶対笑わないでよ。私ね、一度でいいから、ほら、テレビとかに出てるじゃない、オカマさんていうの、ああいう人がいる店に行ってみたいのよ」

佐和子は返す言葉を失っていた。そしてぼくも、別の意味で動転していた。

ぼくはふと、佐和子が電話口で言った「母親にも紹介できない女」という言葉を思い出した。そして、少し意味は違ってくるが、これも一種の紹介だろうという結論に達した。

早速ぼくは電話をかけた。たまたま休みで家にいた閻魔ちゃんは、開口一番、

「どう？　お母さん大丈夫？」

と聞いてきた。本気で心配していたらしい。

「あのさ、お袋が会いたがってるんだ」

「だ！　だれに！」

「閻魔ちゃんにだよ。紹介するから、来てくれないかな。Sホテルのロビーで待ってる」

受話器を置いたあと、慌てふためく閻魔ちゃんの姿が想像できた。スーツの方がいいわよね？　いや、もっと自然にしてた方が……。やっぱり歳上だってことで何か言われるかしら？　水商売だってことは、のちのち言えばいいわよね。ちゃんと高校は卒業してるって言っといてよ。自分で言うのは、ほら、あれだから……。

佐和子と母の待つテーブルに戻る時、ぼくはもう我慢出来ずに腹を抱えて笑ってしまった。きのうの夜の出来事だ。

しかし三時間待っても、閻魔ちゃんは現れなかった。結婚相手から電話がかかるというので、佐和子は仕事が早いと嘘をついて帰ってしまった。父が心配だと言い出して、母は何度も電話していた。テーブルに戻って来た母は、

「今夜は何も食べてないらしいわ」

と、口では誇らしげに言いながら、その表情は明日一番の飛行機で帰る事を決心して

いた。佐和子が帰ったあと、母がぽつりと言った。

「あんたの相手だから、何も言わないけど……私には自信があるわ。男一人、飢死にさせるだけの料理の腕が、お母さんにはあるわよ」

母が部屋に戻ってしまい、仕方なくぼくもホテルを出た。戻って来たいつもの部屋に、閻魔ちゃんの姿はなかった。ただ荒らされたクローゼットと、テーブルの置き手紙だけが、ぼくの帰りを待っていた。

ぼくはその置き手紙を読んで、ビデオを観始めたのだ。これまで閻魔ちゃんと一緒に撮ってきた全てのビデオを。

朝になって、朝日が差して、陽が暮れて、閻魔ちゃんの店が開く時間になっても、閻魔ちゃんは戻って来ない。

ぼくはもう一度、置き手紙を読んでみた。

『やっぱりやめたわ。どう考えても、アンタの母親と一緒に料理作ってる自分の姿が想像できないもの。田舎の姑なんて味に煩そうで、考えただけで面倒だわ。嫁と一緒に料理を作るのが夢だなんて、いまどきどこの女が相手にするもんですか。勿論この私だってお断りよ。それにねぇ、こんな女を息子の恋人だって紹介されて喜ぶ親がいる？　そりゃ私は経済力もあれば、心だって優しい女よ。でもやっぱり親っていうのは、そんなもんじゃなくて、息子には可愛らしい花嫁さんが来て、そして可愛らしい子供を産んで欲しいものなのよ。アンタの家が何代続いた旧家なのか知らないけど、私はごめんだわ、アンタをアンタの家の最後の息子にする権利も、責任も持てないわ。別に結婚を申し込まれたわけじゃないけど、女もこの歳になると、親に会うってのは、そういうことなのよ。

とにかく、アンタの面倒を一生見る気なんて、私には更々ありません！』

実は、閻魔ちゃんが今どこにいるか、ぼくはちゃんと知っている。前にも言ったが、閻魔ちゃんには電話をかける時の癖がある。話し相手の言葉、そして自分が喋った言葉の端々を、無意識にメモにとるのだ。電話の脇にそのメモがある。

『マリネ。泊めて。あの子。母親。そうじゃない。そうじゃないの。新宿。ホテル。紹介。私を。あの子。優しい。本気？　信じる。信じない。あの子。優しい。K公園。ひとり。できない。かたき。馬鹿。知ってた。知らないふり。真剣な馬鹿。優しい。あの子』

優しい？　東京名物のオカマ。まるで見世物のように、閻魔ちゃんを扱おうとしたぼくが、優しい？

ビデオを観終わってしまうと、急に時間が経つのが遅くなった。考えてみれば、きのうの夜から、丸一日何も食べていない。朝になれば、閻魔ちゃんも帰って来るだろう。それに帰って来てもらわないと、本当にこのまま飢死にしてしまう。

閻魔ちゃんが帰ってくるまで、どうすれば時間が早く過ぎるか考えてみた。真剣に何かをやってみるのもいい。そうすれば時間なんてあっという間に過ぎるもんだ。この部屋で、時間を忘れて真剣にやったこと？

ぼくは日記を開いた。そして初めて閻魔ちゃんの名前が出てくるページを読んでみた。ぼくは修正液で、その名前を丁寧に塗り潰し、そこに力強いいつもの文字で、「岩倉雅人」と書き込み始めた。

この膨大な数の「閻魔ちゃん」を、全部書き換えてしまう頃には、きっと帰ってくるだろう。それにしても腹が減った。

ぼくは誰もいない部屋で、恐る恐る声を出してみた。「腹が減っています」と、声に出して言ってみた。

破片

その夏、彼らは、男だけで磯遊びにでかけた。

父親の昭三が、仕出し屋に頼んだ三人分の弁当を持つと、息子たちは配達用のトラックに乗り込んだ。「荷台に乗りたい」と騒ぐ岳志を、兄の大海《たいかい》が、強引に助手席へ押し込んだ。

配達用のトラックに、エアコンはついていなかった。海へと向かう県道に入り、岩をくり抜いたトンネルをくぐった途端、濃い潮の香りが、車の中へと吹き込んできた。ギアチェンジをするたびに、父親の汗ばんだ腕が、岳志の太股に触れた。助手席で重なり合うように座っている兄大海の体からも、陽に灼《や》かれた幼い汗の匂いがした。

トラックは山の中腹で停められ、そこから雑草の生い繁る急勾配のけものみちを、しばらく歩かなければならなかった。父親から手渡された歳相応の荷物を担いで、岳志は誰の手も借りずに、けものみちをおり始めた。おりてしまえば、誰もいない小さな砂浜と、陽の射さない冷たい岩場がある。岩場では、ミナと呼ばれる小振りの栄螺《さざえ》がよく採れた。

「今年はお母さんのおらんけん、どんどんおりて行けるばい」

「お母さんのおらんでも、お前のおるけん、ゆっくり歩かんといかん」

強がる岳志に、大海が振り向きもせず叫び返した。昭三は、車を運転している時からずっと黙り込んだままだった。

このけものみちで、岳志らの母親は常に足手まといになっていた。

「兄ちゃん！ 覚えとる？ ここからお母さん、落ちたことあったやろ？」

「ここじゃなかぞ。もっと下の……ほら、あの苔《こけ》の生えた樹の所から落ちたやっか、そんで、この溝の中にはまって」

「そうそう。草がネットの代わりになって、助かったとやもんね。みんなで覗いたら、びっくりした顔のまま『黙って見とらんで、早う助けなさい』って言いよった」

「蜘蛛《くも》の巣に引っかかったごとしてなぁ」

気分良く笑い出した息子たちの声を、

「べちゃくちゃ喋っとらんで、さっさと歩け！」と昭三の声がかき消した。

岳志は、父親の肩に食い込んだクーラーボックスの紐《ひも》を見た。岩場までは、まだ遠かった。

◈

信号が変わって、トラックは走り出した。真夏の陽を浴びた荷台には、ビールケースが山積みしてある。動き出した瞬間に、危うく崩れそうになるのだけれど、照りつける夏日が、それをきちんと押さえている。

未だに路面電車の走る長崎では、道路の真ん中に石畳が敷かれ、もちろん一般車両が走る車線は、アスファルトで舗装されているのだが、右折する際には、その石畳を踏み越えなければならない。石畳はすっかり弛《ゆる》んでおり、通るたびにトラックの車体を大きく揺らす。

「ちょっと、積み過ぎたかな?」

石畳の上を、必要以上に用心深く走らせながら、運転席の大海が言った。振動に任せて体を揺らせていた助手席の岳志は、その問いには答えなかった。

右折したトラックは、キャバレーなどが立ち並ぶ、細い通りに入り込んだ。通行人が多く、大海は何度もブレーキを踏む。

「この辺も、ぜんぜん変わらんなぁ」

運転しながら、しみじみと呟く大海を、助手席の岳志が鼻で笑った。

「たかが一年ぶりに帰ってきただけやろ?」

「ばってん東京なんて凄かぞ! 一年もあったら近所に二、三本はビルが建つ」

「いくらビルが建っても、兄ちゃんには関係ないやろ」

「そりゃ、そうばってん……」

「なぁ、向こうで、女と暮らしとるとやろ? どげん部屋や?」

「どげん部屋って、普通のアパートさ。お前が作りよる家に比べたら、どげん家も平凡に見えるやろうけど……。そいにしても、昨日一年ぶりに拝見させてもろうたけど、ますます気色の悪か外見になってきたなぁ」

「そうや?」

「……ビール瓶の並んだ屋根なんて、見たことなかぞ」

岳志は、口の中にたまった唾《つば》を窓の外へ吐き出した。

昨夜、一年ぶりに見た兄の風貌は、目を逸《そ》らしたくなるほど変わり果てたものだった。筋肉がこそげ落ちた生っ白い腕。どことなく狡《ずる》そうな感じのする目付き。たかが一年で、人間の体はこんなにも変わってしまうものなのだろうか、と岳志は思った。

「なぁ、兄ちゃん。向こうで一緒に暮らしとる女の写真、持たんとや?」

「写真? 持っとるもんや!」

「俺、持っとるぞ」

「お前、彼女できたとや？」

「見るや？」

岳志は、そう言いながら、ダッシュボードを開けた。

「なぁ、もしかして相変わらず、会うたびに写真撮りようとじゃないやろな？」

「おう、撮りよう」

「女、嫌がっとらんや？」

岳志はその質問には答えず、ダッシュボードの中から、数枚のポラロイド写真を取り出した。そして撮った日付順に並べ替え、心配そうな兄の前へ差し出した。

受け取った大海は、その写真をパラパラッと捲《めく》ってみた。可愛い感じのする女で、どの写真も屈託のない笑顔を浮かべ、特に嫌がっているようには見えない。

配達先のスナックへあと少しという所で、大海はトラックを停めた。トラックの前に、崩れ落ちたゴミ袋が、道いっぱい散乱していたのだ。手に持っていた写真を岳志に投げ返すと、

「ゴミくらいちゃんと置けんのかね？」と、大海は心の中で嘆いた。

投げ返された写真を、岳志は透明のビニール袋に入れ、またダッシュボードの中にしまった。それを横目で見ていた大海が、改めて散乱したゴミ袋に目を移し、

「くそ！　もう踏んで行くぞ！」と叫んだ。

アクセルを踏みかけた大海を、慌てて岳志が制止した。

「ちょっと待て！　タイヤに絡まったら、もっと面倒なるやろ」

車から飛び降りた岳志は、首にかけていたタオルを車の中に投げ込んだ。投げ込まれたタオルから、ムッと汗の匂いが広がった。

大海は、ハンドルを指ではじきながら、ゴミ袋を片付ける岳志を眺めた。夏日に照らされた地面から、濃い陽炎《かげろう》が立ち昇り、両手にゴミ袋を提げた岳志が、何度もその中を横切る。摑んだゴミ袋を放す瞬間、岳志の汚れた軍手が、まるで蝶のように見える。

ゴミを運ぶ岳志の腕は、左右の色がはっきりと違う。両腕とも、確かに日灼けして頑丈なのだが、右腕だけが更に色濃く日に灼けている。この色の違いは、高校を卒業し、この街に残った岳志が、父親の酒屋を継いだ証でもある。毎日毎日、エアコンのついていないこのトラックを運転するため、窓にかけた右腕だけが、自然と日に灼けるのだ。

大海は、ハンドルを握っている自分の腕と、ゴミを運ぶ弟の腕とを、見比べていた。トラックが通れさえすればいいのに、完璧にやり終えないと気が済まないらしい。最後のゴミを積み上げた岳志が、そのゴミ山の中から、紐で結ばれた雑誌を引き抜き、運転席で待っている大海に向かって、

「兄ちゃん！　エロ本見つけたぞ。持って帰るや？」と叫んだ。

嬉しそうに雑誌を掲げた岳志の腕は、日に灼けた方の腕だった。

運転席の大海はそれに返事もせず、荷台に雑誌を投げ入れた岳志が助手席に戻ると、トラックはまた走りはじめた。

「なんや、兄ちゃんの腕、真っ白なぁ。向こうで海とか行かんとや？　湘南とか有名な浜のいっぱいあるやろ？」

申し合わせたように、腕の色の話題を持ち出した岳志を、大海はチラッと見遣《や》った。

「……なぁ、海とか、行かんとや？　有名な浜のいっぱいあるやろ？」

「有名ってことは、人がいっぱい来るってことぞ。人のおる海で、何ができる？」

「何ができるって、人が何人おろうと、海の方が広かやろ？」

数秒、沈黙があった。沈黙は飴《あめ》のように伸びそうだった。岳志は兄の方を向いて答えを待った。しかし、大海に答える気配はない。兄の横顔を見て、岳志は東京の海がそれほど広くないことを知らされたような気がした。

「兄ちゃん。帰りにリョウさんの現場に寄るけん」

「なんで？」

「セメントと砂ば、貰って帰る」

「何に使うとや？」

「台所のタイルば、貼る」

「……手伝わんぞ」

「誰が手伝ってくれって頼んだや?」

とつぜん割り込んできたバイクに、大海が激しくクラクションを鳴らした。

一軒目の配達先、スナック「みさと」には、すでにママが出勤していた。珍しく入口が開け放たれ、夏の風を入れた店内で、すっぴんのママは新聞を読んでいた。ビールケースを担いで、先に中へ入った大海を見て、

「あらぁ、お父さんかと思うたよ」とママが笑いかけた。

荒々しくビールケースを置きながら、

「親父より若々しかやろ?」と大海が笑い返した。

「いつ帰って来たと?」

「昨日。昨日帰って来て、早速配達させられよるとよ。こっちは、たまに帰って来とるのに。ほんと、一時間も休ませてもらえん」

「どがんね東京は? 女の子口説いてばっかりおるんやろ」

「いや。真面目なもんさ」

「まぁた嘘ばっかり言うて。東京の女の子は手強かろう、振り回されよるんと違う?」

話し始めた二人の間を行ったり来たりしながら、岳志は手際よくビールを運んだ。冷蔵庫を開けて瓶ビールを冷やし、生ビールの樽もセットする。新しい樽に管を差し込む

と、しばらくガスを抜く。カウンターの裏には昨夜の空瓶が積まれており、それを別のケースに移し換えて荷台に積み上げる。再び店へ戻った時には、兄はカウンターに座り込んでいた。

汗を拭きながら、店へ戻った岳志に、

「ねぇ、岳志くん。そう言えば、この前のソファ、全部、部屋に入ったと?」と、ママが尋ねた。

「この前のソファって、何や?」

そう尋ねた大海に、ママが答えた。

「先月、この店を改装した時に、ソファも新しいのに変えたんよ。ほら、前に来た時と変わっとるやろ?」

「あ、本当。……え! じゃ、昔あったあの派手なソファば、岳志が貰ったと?」

「そうよ。あれじゃ、ちょっと普通の部屋には派手かもしれん」

「岳志、あれ全部、部屋に入れたとや?」

「おう。二階の畳部屋に」

岳志は、領収書を一枚千切った。

「ねぇ、ママ。うちの弟の感覚、ちょっと変やと思わん?」

「そうやろか?」

「あの家、見たことある？」

「あるよ。奇麗やないね。とくにあの通路なんか、キラキラしとって、私は好きよ」

「あの通路が？」

「あれなぁ、作るのに二週間もかかったんぞ」

岳志は自慢げにそう言うと、領収書に金額を書き込んだ。

毎晩店を閉め、晩飯を食い終わった岳志は、風呂にも入らずに、坂を少しくだった所にある「我が家」へ向かった。元々は、父親が倉庫にしようと思って買っておいた廃屋だったのだが、岳志が高校に入学した時、近所にコンビニができてしまい、二つ目の倉庫などいらなくなった。しばらくの間、廃屋は野晒《ざら》しになっていたが、高校を卒業する間際になって、突然岳志が改装を始めた。

廃屋の玄関を入ると、まず八畳間があった。毎月の小遣を貯め、畳を一枚買ったのが、改装作業の始まりだった。それからは、数ヵ月に一度、新しい畳を一枚買うのが、楽しくて仕方なくなっていた。うれしそうに畳を買いに行く岳志を見て、「普通、お前くらいの歳の男なら、バイクとか車とかに興味持つもんけどなぁ」と、父親は不思議そうな顔をしていた。

当時はまだ、天井にも濃い蜘蛛の巣がはっていたし、いくら窓を開けていても、黴臭《かび》さが消えるとは思えなかった。まさか自分がここまで完璧に改装してしまうとは、岳志自身も思っていなかった。

しかし、地元の大学を卒業した兄が東京で就職し、一人自分だけが本格的に酒屋を手伝うようになった頃には、それはもう趣味とは呼べなくなっていた。畳一枚から始まった作業は、いつの間にかセメントで外壁を作るまでの大掛かりなものに発展していたのだ。

「せっかく帰って来たとやもん。たまには兄弟一緒に、呑みに来んね」

ママの誘いを背中で聞きながら、岳志と大海が店を出ようとすると、

「岳志くん！ 今日は水曜日やけん。桜ちゃん出る日よ」とママが声をかけた。

岳志は、振り向きもせず「うん、知っとる」と答えてトラックに乗り込んだ。

運転席に乗り込んだ大海が、

「誰や？ その桜ちゃんて？」と聞くと、岳志は黙ってダッシュボードを指差した。

「さっきの写真の女？」

「おう」

「おうって、お前。もうホステスに入れ上げとるとや？」

「誰が、入れ上げとるって言うたや？」

「おうおう。大したもんのぉ。お前より歳上やろ？」

大海はそう冷やかして岳志の顔を覗き込んだが、逆にマジマジと見つめ返されてしま

った。その視線は「いまどき歳上の女と付き合うのが珍しいか?」という単純なものにも見えたし、自分の幼さを隠す薄い盾のようにも見えた。

日向《ひなた》に、数分停めて置いただけで、トラックの中の気温はかなり上昇する。岳志は、尻の下にあったタオルを抜きとり、額の汗を拭くと、また首に巻きつけた。

大海は、信号でトラックが止まるたびに、桜というホステスの素姓《すじよう》を聞こうとしたが、何を聞かれても、岳志は相づちさえ打たずに、やりすごしていた。そのホステスの歳だけでも教えろ、と繰り返す大海に向かって、「兄ちゃんさぁ、東京に行ってからお喋りになったなぁ」と岳志がぽつりと呟いた。

飲み屋街の配達を、二人は手際よく済ませていった。合鍵で、スナックや小料理屋のドアを開け、暗い店内に明かりをつける。店の中に入ると、陽が射さないせいか、それとも昨晩のエアコンがまだ利いているのか、肌に浮かんだ汗が一瞬、引くのが分かる。しかし荷台からビールケースを担いで、狭いカウンターの中に体を押し込んだりしていると、あっという間に太股の辺りから汗が流れ出す。もちろん鼻先や首筋からも、汗は垂れ落ち、絨毯に丸い染みが幾つもできる。

飲み屋街で六軒分の配達を終え、岳志がトラックに乗り込むと、久しぶりに体を動かしたらしい兄が、汗も拭かずに、助手席でぐったりとしていた。

「なんや、もうくたばったとや？」

　そう声をかけながら、代わりに岳志が運転席へ乗り込んだ。

　坂の多いこの街では、トラックの入り込める地域は限られている。トラックを停めた場所から、配達先の家まで、坂段を十分以上のぼることなど、日常茶飯事だった。

「今日の最後の配達先、大浦ぞ」

「大浦？　あの県会議員の家や？」

「おう」

「もう勘弁してくれろ。あんがん長か坂段、この体でのぼれるわけなかやっか」

　岳志は、腕相撲で初めて兄に勝った日のことを思い出し、嬉しくなってついついアクセルを踏み込んだ。

　トラックを坂の突き当たりで停めると、一ケースずつビールを担ぐ。肩にのったビールケースは歩くたびに重くなる。子供の頃からの経験で、坂の途中で休憩すれば、足に力が入らなくなることを知っている二人は、絶対に途中で休むことはない。額から流れる汗が、目の中に入ろうと、決して止まることはない。

「これで、本当に最後やろな？」

「おう。最後最後。あとは明日まわるようにしたけん」

　肩を並べて坂段をあがっていると、互いの息づかいが荒くなるのが分かる。

長い坂段を見上げると、白い日傘をさした若い女が、二人のために道をあけて待っている。ありがたいとは思うのだが、逆に急いでのぼらなければならないような気がして、岳志は気合いを入れて一段飛ばしで坂をのぼった。後ろから「待て待て」と叫ぶ兄の声がした。

道の脇に、身を寄せて待っていてくれた女が、

「暑いのに大変やねぇ」と岳志に声をかけた。

滅多に声なんてかけられないものだから、岳志はつい生真面目な口調で、

「暑うないと、ビールが売れんですから」と愛想なく答えた。

大海がすぐに追いつき、

「すいませんねぇ、愛想ない男やろ?」と笑った。

すれ違った瞬間に、彼らの汗の匂いと、女がつけていた柑橘《かんきつ》系の香水が混じり合った。坂をおり始めた女の足音を背中で聞き、二人はつい立ち止まってしまう。

「よか匂いやったなぁ」

「ああ、よか匂いやった」

夏日を浴びた坂段は、まだまだ上へと伸びていた。先に岳志が歩き始め、まだ動き出そうとしない兄に向かって、

「今夜は、ビールの旨かやろな」と、声をかけた。

県会議員の家は山頂にあった。大抵、月に一回の配達を終えると、帰りには夥《おびただ》しい数の空瓶を持たされる。一ヵ月の間、戸外で雨風に晒《さら》されていた空瓶は、泥や埃《ほこり》ですっかり汚れている。中には、蜘蛛の死骸が入ったままの瓶もある。しかし、蜘蛛の死骸が入っていようと、泥や埃で汚れていようと、行きののぼりに比べれば、帰りのくだりなんて、気楽なものだと岳志は思う。

すべての配達を終え、岳志は店へ向かってトラックを走らせた。途中、リョウさんの現場に寄って、頼んでおいたセメントと砂袋を荷台に積んだ。トラックを店の車庫に入れるまで、大海は助手席でずっと眠っていた。

車庫に入れたトラックの荷台から、空瓶の入ったケースを次々と運び出す息子たちを、店先に立った昭三が眺めていた。

「岳志、倉庫には入れんで、空瓶はそこに積んどけ！」

父親の声を聞いた大海が、投げ出すようにケースを置いた。

「先に言えさ」

「なんや、大海。もうくたばっとるやっか」

「くたばるもんや！」

「なんで、倉庫に入らんと？」

兄が投げ出したケースを引き寄せながら、荷台の上で岳志が聞き返した。

「さっき園乃蝶《そののちよう》酒販が来て、来週分まで置いて行ったとさ。来週は、ほら盆休みになるやろ」

岳志は「ああ、そうか」と頷《うなず》き、また荷台で作業を始めた。

店のカウンターで、焼酎を立ち呑みしていた真吾兄ちゃんが、彼らの声を聞きつけ、店先へ顔を出した。

「あら、あんちの帰って来とるやっか。いつ東京から帰って来たとや？」

荷台に凭《もた》れている大海が、真吾兄ちゃんに手を上げた。

「昨日の晩」

「なんや、わい。女のごと真っ白なぁ。白粉つけとるとじゃなかとや」

店の奥からも、常連の左官職人たちが顔を出し、真吾兄ちゃんと一緒に笑い声を上げた。

夕方になると、店には仕事を終えた左官の兄さん連中が、コップ酒を呑みにやってくる。現場から直接来るため、夏の夜などは、男たちの汗と、口から漂うアルコールの息で、店の中はむせ返るような匂いになる。しばらくすると、自分たちの匂いに耐えられなくなるのか、一人二人とグラスを持って外へ出る。そして、ビールケースや一升箱に座り、坂下からの風に涼みながらグラスを傾け始める。

黙って呑んでいる分にはいいのだが、酔いが廻ってくると、店の前の坂道を通る若い女たちにちょっかいを出したりするものだから、しょっちゅう町内の婦人会から、父親は文句を言われていた。

岳志はもちろん、兄の大海もそうなのだが、そんな兄さん連中に、子供の頃からすっかり馴染《なじ》んでいた。週に一度は必ず真吾兄ちゃんの家へ行き、たまっている漫画本を貰っていたし、駄菓子屋では当たるまで籤《くじ》を引かせてもらった。たまに競艇で大当たりした時など、欲しい物を全部書き出せと言われて、バスケットボールやらシューズやら、一式揃えてもらったこともある。

真吾兄ちゃんにしろ、他の男たちにしろ、話す内容はと言えば、行きつけのキャバレーに新しく入った女のことか、翌週行われる競艇の予想くらいのもので、焼酎を立ち呑みしているからといって、店先を通りかかる女に襲いかかるわけではない。

ただ、小学校の頃、岳志は同じクラスになった女の子から、こんなことを言われたのを覚えている。

『あんたの家の前、夕方になったら怖ろしゅうして、通られんようになる』

岳志には何が怖ろしいのか、ピンと来なかったが、たぶん汗臭いままの男とか、泥や埃に汚れた男の姿が、女には怖ろしいのだろうと思った。そしてそれは、今も心のどこかに残っている。

荷台に凭れて岳志の作業を見守っていた大海に、

「あんち、こっち来い。一緒に呑もうで。東京の話ば聞かせろ！」

と、真吾兄ちゃんが声をかけた。

昭三は「たっぷり聞かせてやれ」と笑いながら、足を引き摺《ず》って店へ戻って行った。

昭三の痛風は、日に日に悪くなっていた。

真吾兄ちゃんは、店の冷蔵庫からビールを一本抜き出し、再び表へ出てきた。大海と向かい合ってケースに座ると、二つのグラスにビールを注いだ。ビールが冷えているせいで、しばらくするとグラスに霜がつく。仕事帰りの真吾兄ちゃんが握ったグラスからは、黒く汚れた水滴が、腕を伝って肘《ひじ》まで落ちる。

「どうや、東京は？　人間ばっかりいっぱいおって、住みにくいやろ？」

「もう慣れるさ。三年ばい」

「もう三年になっとや？　どうせわいも、向こうで女の尻ばっかり追いかけよるとやろが？　どげんや、向こうの女は、やっぱり奇麗かろ？」

「変わらんさ。人口の多かだけ、美人も多かってことさ」

真吾兄ちゃんに差し出されたビールを、大海は一息に呑み干した。剃り残した咽喉《のど》元の髭が、ビールを呑むたびに大きく動く。二杯目を注ぎながら、真吾兄ちゃんが明日の分のケースを荷台に積み始めた岳志を指差した。

「わいの弟は、大したもんぞ。あの歳で、もう女ば囲うとる」

「囲うとる？　もしかして……あの『みさと』の？」

「なんや知っとるとや？　おう、桜っていうホステスさ。その女のためにな、マンション借りてやっとるんぞ」

「マンション？　岳志が？」

「おう。あんガキが」

「親父は、知っとるとやろか？」

「わいんがたの親父は、何でも知っとるさ。好きにさせとけ！　って言いよる」

明日の分を積み終えた岳志に、

「なぁ、岳志。お前は大した男ぞ」と真吾兄ちゃんが笑いかけた。

ちらっと二人の方を見た岳志も、何が話題になっているのかすぐに分かったらしく、

「悪かや？」と照れ臭そうに顔を歪めた。そして、

「真吾兄ちゃん、早う帰らんと、また由美子姉ちゃんが怒って迎えに来るばい」と、冷やかした。

「馬鹿や！　カカアはたまには怒らせた方がよかとぞ」

「休みの日も競艇ばっかり行って、全然かまってくれんて言いよったよ」

トラックの荷台に凭れて、岳志がそう言った。

「なん言いよっとやなぁ、手加減してやっとるのになぁ」

「手加減？」

「そうさ。俺が手加減せんで女房のこと可愛がったら、すぐに向こうが逃げ出すさ。かまってくれんって言われるくらいで、男はちょうどよかとぞ」

笑い出した真吾兄ちゃんの横で、大海も苦笑いした。

日が沈み始め、坂の下から冷たい風が吹き上がってくる。

岳志はトラックにシートを被せて店の中へ姿を消した。大海はそれを確認してから、改めて真吾兄ちゃんの方へ向き直り、

「写真でチラッて見たばってん、どげん女ね？　真吾兄ちゃん知っとる？」と尋ねた。

「どげん女って、俺も、よう知らんさ」

「ほら、真吾兄ちゃんも知っとるやろ？　岳志、女に少し変になるけん……」

「あ、ああ。そうかそうか。いや、ばってん今度は大丈夫じゃないとや？」

「なんで？」

「なんでって、店でもいつも二人イチャイチャしとるし」

「どげん女ね？」

改めて聞いた大海に、真吾兄ちゃんは桜の話を始めたが、噂話の域を出ることはなかった。元々スナック「みさと」に初めて岳志を連れて行ったのが、真吾兄ちゃんだった。

真吾兄ちゃんが言うには、どうも訳ありの女らしく、ほとんど自分のことは喋らないらしい。言葉の訛《なま》り具合から、五島列島の出身らしいのだが、その他のことは分からない。

「みさと」のママからの情報でも、半年前にふらっと店へ現れて、働きたいと言われた、ということぐらいで、ママもそれほど桜のことは知らないという。

「これは俺の考えけどな、あの女、実は結婚しとって、男から逃げて来とるんじゃないやろか。俺はそう思うとるとけどな」

まるで競艇の予想でもするかのように、真吾兄ちゃんは興奮していた。

「男から?」

「そうさ」

夏の日は、なかなか沈もうとしなかった。隣の家から、夕飯の匂いが漂っていた。たぶん近所の飼い犬だろう、首輪をつけた柴犬が、何か言いたげに二人の側に寄ってきた。真吾兄ちゃんが、喰いかけのスルメを投げてやると、柴犬はそれを前足で押さえながら、必死に嚙み千切ろうとした。

「腹減ったなぁ、そろそろ帰らんば、本当にカカァが迎えに来るばい」

瓶に残っていたビールを、真吾兄ちゃんはラッパ呑みした。

「ところで、わいは東京で、女できたとや?」

「ああ。できた、できた。今、一緒に暮らしとる」

「へぇー、わいが食わせてやりようとや？」

「食わせられるもんや。向こうもちゃんと働きよるさ」

「じゃ、なんで一緒におるとや？」

「なんでって、別に一緒に暮らすけんって、女を食わせてやらんばってこともないやろ」

「男が世話してやらんで、誰が女の世話するとや？」

「だけんさ、東京の女は自立しとるけん、男の世話になんか、ならんでもよかとさ」

「はははっ、なんが自立や。そがんと女じゃなか！　自分一人で暮らしていける女なら、わいと一緒に住む必要なかやっか。早う追い出した方がよかぞ」

ビールケースから立ち上がった真吾兄ちゃんは、馬鹿にしたように大海を見下ろし、「お前よりは、まぁだ岳志の方が、マシばい」と呟いて、同じ現場から来た男たちと一緒に、坂道をおりて行った。

❖

急勾配のけものみちを、やっとくだり終えた岳志たちは、日陰になっている岩場に、大きなシートを広げた。

いつもなら、一番座り心地のよい場所をとった母親が、バスタオルや水着を出し、

「さぁ、今日は誰が一番たくさん、ミナば、採って来てくれるやろか？」と、素潜《すもぐ》り開始の合図を出すのだが、この夏はそれがなかった。

兄と一緒にシートを広げた岳志は、自分の水着に黙って着替え、父親が海へ入るのを待った。着替え終わった父親が、バッグの中から三つの網を取り出し、声をかけることもなく、岳志たちに手渡した。

網を受け取った岳志たちは、父親のあとについて海へ向かった。父親が踏んだ岩を、兄が踏み、そのまたあとを、岳志が踏んで岩場をおりる。岳志は、逃げ回るふな虫を、何度か踏み潰《つぶ》そうと試したが、結局一匹も踏み潰すことはできなかった。

「お前たちは、この辺で潜っとれ」

幾分浅い岩間を指差した父親が、岳志たちに言った。そして自分はさっさと深い方へ飛び込んだ。高く跳ね上がった水飛沫《みずしぶき》が、岩の上に立っている岳志たちの胸にかかった。

少し沖の方へ泳いでいった父親が、早速海中に潜り始めた。海面に浮かんでいた体が、急に折れ曲がり、ぷかっと尻だけが突き出される。あっという間に尻が沈み込むと、真っ直ぐに伸びた両脚が、まるで太陽を差し示すように海面から上がる。

岳志たちも、浅い岩間に飛び込んだ。足もとにあった大きめの岩を胸に抱き、なるべく早く底へ沈んだ。海の底に足をつけた岳志は、持っていた岩を足の甲にのせ、体が浮かび上がらないようにしてから、辺りのミナを網に入れ始めた。

目の前で同じように網を広げている兄が、岳志の水中眼鏡にミナを貼りつけようとする。うまい具合に貼りついて、兄の笑いが泡になって浮かんでいく。浮かんでいく泡を見上げると、海面を照らしている太陽が見えた。

岩から足を抜き、二人一緒に海面へ浮き出ると、思い切り胸で息をした。岳志の水中眼鏡には、まだミナがついていた。

三十分も採り続けると、小さな網はいっぱいになる。いつもなら、日陰のシートへそれを持って行くのだが、今回は行ったところで、喜んでくれる者など誰もいない。

兄に遅れをとっていた岳志の網が、やっといっぱいになった。岩をよじのぼろうとすると、兄が座り込んでいた。てっきりシートの方へ戻っているとばかり岳志は思っていた。

ミナの入った網を足の間に挟《はさ》んで、兄はシートの方を見上げていた。まだ腰まで海に浸かっている岳志も、何気なくそちらを振り返ってみた。

少し斜めに広げられたシートの上に、脱ぎ散らかされた衣服があった。三人のシャツやズボンが、ときどき風にはためいている。

「兄ちゃん！　風で飛ばされるばい」

「あ？」

「ほら、風で……」

「うん。大丈夫」

「だって、ほら、風で……」

「大丈夫って言いよるやろが！　絶対、飛ばされん！」

兄がそう怒鳴った瞬間、風がやんだように見えた。散乱した衣服の横に、紫色の風呂敷に包まれた仕出し屋の重箱が置かれてあった。岳志は数週間前の葬式を思い出した。そのとき遺骨を持ったのは、自分ではなく兄だった。

局地的な大雨が降ったその年の夏、妻の多恵子が突然の土石流《どせきりゅう》にのまれた。

「家族揃って行けば、必ず繁子おばさんに上がっていきなさい、と引き止められる」と、妻が言うので、昭三は少し手前で車を停め、息子たちと中で待つことにした。一人車を降りた妻が、男物の雨傘をさし、ワイパーの向こうへ姿を消した。

しばらくすると、目の前にあった大きな溝が突然水嵩《かさ》を増し、道路の方へ濁った水が氾濫《はんらん》してきた。昭三は車をバックさせ、辺りの気配を見ようと車を降りた。息子たちも面白がって降りてきて、全身ずぶ濡れになりながら、空から落ちてくる大粒の雨を、口を開けて飲もうとしていた。

「洋服ば濡らしたら、また怒られるぞ！」

息子たちを叱ったものの、自分も傘などさしていなかった。

五、六分たった頃、妻が戻ってきた。車のある道路へは、氾濫した溝を渡るしかなかった。氾濫しているといっても、まだ膝の高さくらいで、昭三が手を引いて渡れば、渡れないという状況でもない。

「いやぁーね、こんな日に中元なんて持ってきた私が馬鹿やったよ」

対岸に立った妻が、笑いながら嘆いてみせた。

「どら、そこに待っとれ」

昭三は溝の中へ入って行った。父親の後ろ姿を、息子たちは面白そうに眺めていた。

昭三の膝が濁った水を切っていると、突然、林の中でガサガサッと重たい音がした。音と同時に、水の流れが早くなり、妻が足を滑らせた。母親を救おうと、息子たちが溝に入ってくる。

目前で、濁流に胸まで浸かっている妻は、必死の形相をしながらも、なぜかしら男物の傘だけを高く掲げていた。

「お母さん！」息子たちが、昭三の背後から声をかけた。

「来たら駄目よ！」妻が叫んでいた。

「動くな！」

昭三が、妻と息子たち、その両方に声をかけた。バキバキッという恐ろしい音がしたかと思うと、折れた枝や葉を含んだ鉄砲水が、殴り倒すように妻の体をのみ込んだ。

昭三は、ただ手を差し伸べただけだった。数十メートル流された所で、妻が電柱にしがみついて止まった。泥水の中から現れた妻の額に、濡れた枯葉が貼りついていた。

「動くな!」

昭三が泥水の中を駆け出すと、息子たちも、お互いの手を握り合って、あとを追ってきた。

「こっちに来たら駄目!」

泥だらけの顔で、妻が息子たちに叫んだ。

昭三が、もう少しで妻を抱き起こせる所まで来た時、背後で悲鳴が聞こえた。足を滑らせた岳志が、握っていた大海の手を離れ、反対の方へ流されていた。昭三は慌ててそちらへ向かった。岳志が溺れた方は、まだ水嵩も低く、泥水を飲んで激しく咳《せ》き込む岳志を両腕で抱き上げると、すぐに後ろを振り向いた。

しかし、しがみついていたはずの電柱に、妻の姿はなかった。息子を救っている間に、妻は悲鳴も上げず、汚れた濁流にのまれていた。

坂道と廃屋を繋《つな》ぐ数メートルの通路を、岳志は先月、自分の手で舗装した。

店の裏の倉庫には、山積みされた空瓶があり、勃起した性器が、何本も並んでいるようにも見える。岳志は透明感のある瓶だけを抜き出して、金づちを使って叩き割ったその破片を、セメントを塗った通路に埋め込む。新しい通路は、蛇や蜥蜴《とかげ》が、何百匹も這《は》い回っているように見えた。

セメントが乾き、出来上がった通路は、近所でも評判になった。学校帰りの子供たちが、わざわざ遠回りをして、硝子敷きの通路を歩きにやって来るほどだった。

風呂に入る前に、少し台所のタイル貼りをしようと思い、岳志はトラックの荷台から白セメンと砂袋を下ろした。一輪車に乗せ、硝子敷きの通路を押していると、林葉のおばさんが「今日はどこつくると？」と声をかけてきた。通路から、ちょうどおばさんの家の台所が見える。開け放たれた窓から、焼き魚の匂いがした。

「ブリば、焼きよっと？」

「そうよ。旨か匂いのするやろ？」

「いまから台所のタイルば貼ろうと思うて……」

「へぇ。……そう言えば、さっきね、誰か知らんけど、写真撮って行きよったよ」

「写真？　この家の？」

「そうそう。年配の男の人たちやったけど、なんか難しそうな話しながら、パチパチ撮って帰ってしもうた」

「へぇー、誰やろ？」

「さあねぇ、ばってん、こんな珍しい家やもん、通りがかりに写真でも撮って帰りとうなるさ」

「子供らに、屋根の瓶ば狙って石投げられるよりは、写真撮られる方がましよ」

岳志は、笑いながらまた一輪車を押した。

一輪車を停めて家に入ると、一日中窓を閉め切っているせいで、昼間の熱がこもり、汗がどっと噴き出した。タイル貼りの手順は分かっていた。まず台所の壁や床に紙を貼りつけ、その上に金網を置く、用意したモルタルを平らになるように塗り、その上からまた糊《のり》を塗る。それから買ってきた緑色のタイルを均等に、ずれないように並べ終わると、一日外に出る。煙草を吸い、背中の汗を乾かすためだ。岳志は普段煙草を吸わないのだが、この作業をする時だけは一本だけハイライトを吸うことにしている。坂の下から吹きあがってくる風で、背中の汗はすぐ乾く。

平底のバケツに白セメンと砂を入れ、水を加えながら混ぜる。セメントと水の対比は、真吾兄ちゃんから教わっていた。用具箱の中からコテ板を取り出し、混ぜたセメントを載せ、再び台所に入る。歪《ゆが》みなく整然と並んだタイルを見ると、ついついニヤッとしてしまう。

多少、広めにとっていた目地を、岳志は注意深く白セメンで埋めていく。額から落ちる汗が、時々タイルの上に落ちて流れた。

余分に塗り込んでしまったセメントを、ハケで取り除いていると、大海がやって来た。積まれたままのタイルを跨《また》ぎながら、

「親父が、風呂に入れって、言いよったぞ」と岳志に声をかけた。

「ああ、分かった」

「風呂入ったら、一緒に餃子食いに行こうって言いよった」

「そうや。ここだけ終わったら入るけん。そいより兄ちゃん、もう入ったとや？」

「いや、まだ」

「じゃ、先に入れ！」

「……しかし、屋根にビール瓶ならべて、内装もまた……なんやこれ？」

「……」

岳志は、床のセメントを削り続けた。

台所までやってきた大海が、ベタベタと部屋中を触り始めた。岳志は顔を上げ、心配そうに兄を眺めた。

「たとえばここの壁にしても黄色じゃなくて……、白とか、もっと落ち着いた……」

「あんまりベタベタ触るなさ」

「別によかやっか。減るもんじゃなし。そいになぁ、この家の半分は、俺の財産でもあるとぞ……なーんて冗談冗談。こげんボロ屋なんて、誰がいるか！」

タイルを押さえていた岳志の背中が、かすかに震えた。

「……まだ乾いとらんけん。頼む、触らんでくれろ」

「なんや、せっかく見に来てやれば……あーあ馬鹿らし、さっさと風呂にでも入ろうっと」

立ててあった箒《ほうき》を蹴飛ばして、大海が台所を出て行った。玄関で靴を履いている大海に向かって、

「兄ちゃん！　パンツとか下のタンスに入っとるけん。汚れたの、脱ぎっぱなしにせんで、ちゃんと洗濯機の中に入れとけよ」

と、岳志が叫んだ。

大海は返事もせずに出て行った。

一人残った岳志は、しばらく作業を続けたあと、いつものようにコテ板を洗って用具箱にしまい、白セメンと砂袋を一輪車に載せて、また坂道を押して帰った。

一輪車を倉庫に入れていると、風呂場の窓から兄の鼻唄が聞こえた。

「まだ出らんとや？」と声をかけると、

「いや、出る」と返事が返ってきた。

倉庫の電気を消して、すぐに風呂場に向かった。脱衣場に入ると、兄がバスタオルで体を拭いていた。岳志は汗臭いTシャツを脱ぎながら、

「今日『みさと』に行ってみるや?」と聞いてみた。

「お前、行くとや?」

「行く」

「じゃ、連れて行け」

「女に、いろいろ言うなよ」

「女って誰や?」

「知っとるやろが」

岳志はパンツを脱ぎ捨て、荒々しくお湯に浸かった。兄が脱衣場から出て行くと、風呂場の窓を大きく開けた。隣の家から、今度は肉の焼ける匂いがした。

曇った鏡にお湯をかけると、日に灼けた自分の顔が映った。岳志は鼻をつまんで、お湯の中に潜り込み、吐き出せるだけの息を、熱い湯の中で吐き出した。一日の疲れが、泡になって体から抜けていくような気がした。湯から上がって石鹼を体に塗りつけていると、父親が風呂場を覗き込んだ。

「早う、出ろよ。お前も餃子食いに行くとやろ、もう行くぞ」

「ちょっと待てさ」

「そう言えばさっき『青山』って家から、苦情の電話のあったぞ」

「青山?」

「ほら、今日の昼間、東山手まで配達に行ったろが」

「ああ、あの初めて注文受けた家？」

「そうそう。なんか、ビールのぜんぜん冷えとらんやったって、言いよったぞ」

「冷えとるもなんもあるもんや！　電話で住所ばはっきり言わんけん、捜すのに何十分もかかったとばい」

「そうや？　あの教会の坂段ば、のぼった突き当たりやろ？　とにかく今度注文受けたら、すいませんでしたって謝っとけ！」

「ちゃんと謝って来たとになぁ……」

「もう行くぞ。……ああくそ、また足の親指の痛うなってきた」

「痛風の薬のんだや？」

「あ、そうやった、忘れとった」

風呂場を出ていく父親を眺めながら、岳志は乱暴に体をこすった。

風呂上がりの男三人、揃ってタクシーに乗り込むと、車は半分アスファルトになってしまった石畳の坂道をゆっくりと滑りおりた。助手席に乗った大海が、

「餃子喰うなら、龍雲亭の前でよかやろ？」と声をかけると、

「あの道は最近一方通行になったけん、裏に廻してくれんね」

と、昭三が運転手に告げた。

龍雲亭に入ると、カウンターは満席で、二階の汚い座敷に通された。丸テーブルに三人で胡座《あぐら》をかいて座ったのだが、大海一人だけが靴下を穿《は》いていることに昭三は気づいた。

「あらぁ、昭ちゃん。珍しか、今日は息子たち連れて来たとたい」

ビールを持って階段を上がって来た女将が、昭三に声をかけ、左右に座っている息子たちを見比べた。

「どっちがお兄ちゃんやろか？」

女将は、岳志の方を見てそう尋ねた。

「ん？　こっちが兄貴で、いま東京におっと」

「あらぁ、東京にね。もう結婚しとんなっと？」

「いやぁ、まぁださ。まだまだ半人前やもん。おまけに今は無職げな」

「無職って、何もしよらんと？」

「楽な仕事ばっかり捜すもんやけん、ぜんぜん見つからんげな。よか身分やもん」

「楽な仕事じゃなくて、自分に合う仕事ば、捜しよると！」

「どっちにしても、よか身分には、変わりなか。この世の中、自分に合う仕事できる者がどれくらいおると思うとるとか！」

いつの間にか、女将は口を噤《つぐ》んでいた。言い争っている二人を尻目に、岳志はビールをグラスに注いだ。父親の痛風がなければ、ここでも殴り合いが起こりかねない。ビールを注いでいる岳志に気づいて、

「あら、ごめんなさいねぇ。注がせてしもうて」と女将が謝った。それを合図に、三人は乾杯もせず、グッとビールを呑み干した。昼間からずっと水分を取らず、この一杯を待ち侘びていた岳志が、

「旨さぁ、よう冷えとっばい。おばさん」と女将に微笑んだので、少しだけ空気が和《なご》んだ。

女将は泡だけが残った三つのグラスにビールを注ぎ、

「親子そろって、旨そうにビールば呑むねぇ」と感心していた。

餃子六人前と、レバ韮《にら》の注文を受けた女将が階段をおりてしまうと、急に小部屋が静かになった。

たまに男三人で食事に出ると、注文してから料理が届くまでの時間が、手持ち無沙汰になってしまう。一日中顔を突き合わせている者同士、これといって喋ることもない。結局、昭三は次々と煙草を吸い、息子たちは腹が膨れるほどビールを呑むことになる。

「お前たちとメシ食いに来たら、こうなるけん旨うない」

手酌でビールを注ぎながら呟いた昭三の言葉に、大海が苦笑いし、その横で岳志は足

の裏を揉んでいた。

「お前たち餃子食うたら、呑みに行くとか?」

父親の問いに、足の裏を揉んでいた岳志が「行く」と答えた。

「大海も行くとか?」

「あ? おう、行く」

「あんまり、ガバガバ呑むなよ」

餃子やレバ韮が運ばれ、三人とも片膝を立てた同じ格好で、次々に皿を重ねていった。食っている最中、誰も喋ろうとはしなかった。

店を出る時、昭三が大海の肩を摑んだ。

「向こうで、女と暮らしとるらしかな?」

「あ、おう」

父親がそれ以上のことを聞きたがっているのは分かっていたが、大海はただそれだけしか答えなかった。逃げるように店を出ようとした大海を、昭三がまたガシッと摑んだ。

「お前のことは心配しとらん。いやな、岳志とちょっと喋ってくれんや?」

「喋るって?」

「いや、だけん……俺には言わんでも、お前には言うこともあるやろ」

「……」

「あれがさ、勝手にレジから金持って行くとやもんな……」

「勝手に？」

「おう。別によかとばってん。別に使うとはよかとぞ……でも」

「何万もね？」

「おう。……いや、使うとはよかとぞ。ただほら、あれはちょっと、昔から女のことになったら……変になるやろ？」

「でも昔の話たい。岳志もまだ高校生やったし……」

「いや、俺もそう思うとけどな、ばってん、あれが作りよる派手な家にしろ、今度のホステスのことにしろ、俺にはどうも、よう分からん」

「岳志も、もう二十三歳やもん。女に金ば貢《みつ》ぐ方が正常やろ？」

「そうやろか？」

「そりゃ、そうさ。ただ、ちょっと岳志は思い込みの激しかだけさ」

外で待っていた岳志が、扉を開け、

「なんしよっとや？　早う行こうで」と大海を呼んだ。

昭三は慌てて勘定を済ませ、「みさと」に行く息子たちと別れると、一人タクシーに乗って家へ帰った。

息子たちが十六、七になり、色気づき始めた頃から、二人は同級生の女の子を家へ連れて来て、ままごと遊びでもするかのように、自分が担当している家事を、その女の子と一緒にやるようになった。

家に男だけしかいないせいか、大海の彼女にしろ、岳志の彼女にしろ、家に来る女の子たちは、誰もが気恥しくなるほど丁重に扱われた。馬鹿丁寧というか、硝子細工でも扱うようにもてなされたのだ。そういった扱いを気持ち悪がる女の子もいたほどだ。男三人だけで暮らしている家で、いきなり風呂を勧められても、そう簡単に制服を脱ぐはずはない。

岳志が十七歳の時、「空《そら》」という変わった名前の女の子と付き合い始めた。元々彼女にも、早くから結婚願望があったのだろうが、学校が終わると岳志よりも先に家へやってきて、部屋の掃除やら夕食の準備をしてくれた。

店を閉めて、男三人そろって台所へ行くと、食卓には目を見張るような刺身の盛り合わせが並べられていた。

「うわぁ、空ちゃん。今日はご馳走やねぇ」

昭三のあとに息子たちの声も重なった。

「お母さんが持って行きなさいって。無理やり持たせてくれたとよ」

制服姿のまま席についている空が、笑いながら三人を迎えた。あとで分かったことだが空の実家は新地の市場で魚屋をやっていた。

男たちは順番に風呂に入って、急いで食卓に戻った。先に湯を浴びた昭三と大海が、刺身を喰い尽くそうとしているところに、慌てて岳志が戻って来て、

「なんや、俺の彼女ぞ！」と素《す》っ頓狂《とんきょう》なことを言っていた。

考えてみれば、倉庫にするつもりだった廃屋に、初めて岳志が畳を買ったのが、ちょうどこの頃だった。貯めた小遣で畳を買いに行く岳志はとても楽しそうに見えた。

岳志が買った二枚目の畳は、実は空への誕生日プレゼントだったのだ。

「空ちゃんが来る日には、岳志が慌てて廃屋からエロ本を持って帰って来る」と、よく大海が笑っていた。

昭三は昼間に一度だけ廃屋を見に行ったことがある。壊れかけた雨戸を開けると、中は黴《かび》の臭いで充満していた。昭三は靴のまま上がり込んだ。ギーギー音の鳴る階段を上がると、二枚の畳が敷かれてあった。一階とは比べものにならないほど、二階は清潔で、畳の上にはなんとコタツまで置かれてあった。コタツ布団の中に埋もれた枕が、妙に生々しくて、昭三は慌てて階段をおりた。

コタツの上に、数冊の教科書が置かれてあったのと、壁にかかっていたヌンチャクが、救いと言えば救いではあった。

空が来る日は、彼女が食器を洗ってくれた。もちろん隣には、体を擦り付けるように

して岳志が立った。

ある日、昭三が居間でテレビを見ていると、台所から二人が言い争う声が聞こえてきた。しかし昭三には、大海が二階で聞いている、女の叫び声のような音楽の方が、気になっていた。

「私が来たい日には来るし、来たくない日には来ん。それのどこがいけんと?」

岳志の声はよく聞き取れなかった。

「毎日毎日、写真撮らんでもいいやないね! どうして毎日?」

「……」

「そりゃ最初は楽しかったけど、こう毎日毎日撮られたら、私だってうんざりするもん」

「うんざりするってなんや!」

とつぜん怒鳴った岳志の声に、昭三はチラッと台所を窺《うかが》った。

「うんざりするさ。昼休みのお弁当にしろ、学校の行き帰りにしろ、どうして毎日毎日、岳志くんと一緒やないといかんと? 私にだって友達もおるし、みんなでお弁当食べたっていいやないね!」

「もうよか! 食器なんか洗わんでよかけん、行くぞ! ほら!」

「いや! もう絶対、あの家になんか行かん! 写真がなんね!」

空の叫び声を聞いた昭三は飛び起きて、台所へ続く廊下に出た。

「シャッター押せんように、この包丁でその指、切ってやるよ」

空の声は本気ではないらしく自分でも笑い出していた。しかし昭三が台所を覗こうとした瞬間、

「切れ！　切ってみろ！　一本切られたって、他の指もあるぞ！」

と叫んで、岳志が空の手から泡のついた包丁を奪った。

空が悲鳴を上げた。昭三が飛び込んで、岳志の腕を掴んだのだが、包丁の刃は、岳志の人差し指をかなり深く裂いていた。

流れる血をタオルで押さえながら、昭三が病院へ連れて行った。幸い、流れた血の割には、浅い傷口だけが残ることになった。

しばらくたって、また岳志が病院に運ばれたという電話を昭三は受けた。あの事件以来、空はまったく姿を見せなくなっていた。

目の前で流れた血に彼女はすっかり怖れをなしたらしい。娘からそのことを打ち明けられた空の母親も、すぐに岳志を呼び出して、二度と娘には会うな、と強く言ったらしいのだが、岳志はまったく聞く耳を持たなかった。

岳志は何度注意されても空の家への訪問をやめなかった。その執拗《しつよう》さに呆《あき》れ果てた母

親が、とうとう昭三の所に電話をかけてきた。昭三はかなり激しく岳志を殴りつけたのだが、無駄だったようだ。

その後も、岳志は学校へ向かう彼女のあとを、声をかけることもなく、ただじっとついて歩いたらしい。振り向いた彼女が、どんなに抗議しようとも、ただ自信に満ちた笑みを浮かべるだけで、とにかくどこへでも、まるで犬のようについて回った。

次第に神経過敏になってきた空が、ある日、夕立の中、傘もささずについて来る岳志に向かって、大きな石を投げつけた。道端に落ちていた濡れた石は、岳志の顔面に命中した。

岳志は避ける素振りさえ見せなかったという。たまたまそれを目撃していた郵便配達員が、慌てて救急車を呼んでくれたお陰で、岳志の右目は失明せずに済んだ。

岳志が、本格的に廃屋を改装し始めたのは、その怪我が治った直後からだった。

❖

「男の指には、女の握った『おむすび』が一番似合うとよ、潰《つぶ》さんよう上手に持って食べられたら、一人前の男になった証拠さ」

母親の口癖だったこの言葉を、岳志はいつまでも覚えていた。

近所の仕出し屋に「おむすびは扱っていない」と断られたにも拘《かかわ》らず、昭三は、無理を言って弁当のごはんを、おむすびにしてもらっていた。

午前中のほとんどを、昭三は海の中で過ごした。息子たちはとっくにミナ採りにも飽き、反対側の小さな砂浜で、持参したゴム・ボートに乗って遊んでいた。

両手にミナの入った網を提げ、昭三が岩場に姿を見せた時、息子たちは呼ばれもしないのに、シートを広げた岩場に駆けあがってきた。

「どら、メシ食おうで。クーラーボックスからビールば取れ」

岳志は氷の中から缶ビールを取り出し、それを父親に手渡した。父親は仕出し屋の紙包みを破り捨て、息子たちに差し出した。蓋《ふた》をあけた岳志たちは、

「なんやこれ！　煮シメばっかりたい」

「卵焼きも入っとらん」

と、口々に文句を言った。

岳志たちが、出されたものにとりあえず文句を言うのは、何もこの日に限ったことではない。それに文句を言うからといって、残してしまうわけでもない。とりあえず最初に文句を言うのも、そして言いながらも、結局残さずに食べてしまうのも、実は昭三の真似をしているだけなのだ。

海から上がり、濡れた体を拭きもしないでシートに座っているものだから、シートの上に水溜りができた。髪の毛から垂れる海水の滴が、灼け始めている肩に落ちては流れ

た。

「なんや、この握り飯、いっちょん旨うなかなぁ」

形の整ったおむすびを、一口齧《かじ》った昭三が言った。海老を剝《む》いていた岳志たちも、慌てておむすびを喰ってみた。

「ほんと、ぜんぜん味のせん」

「それに、小さかし……」

弧を描いた海岸線の向こうに、大きな海水浴場が見えた。砂浜には派手なパラソルが立ち並び、ときどき風に乗って、スピーカーから流れている歌謡曲が聞こえた。

「潮水ば、つけたら旨うなるかもしれんぞ」

「海につけると？　このおにぎりば？」

「つけるもんや。指だけ海につけてきて、濡れたまま握り飯ば握って食うとさ」

「そんがんしたら、潮味になって、旨うなるかもしれんねぇ」

岳志は、喰いかけのおむすびを重箱に戻し、兄と一緒に岩場を海の方へとおりて、岩間に打ちつける波を避けながら、両手を海に浸した。

濡らした手を汚さないように、両手を上げて岩をのぼった。何度かバランスを崩し、危うく岩に手をついてしまいそうになりながらも、岳志は無事シートのある岩まで戻った。兄の真似をしてすぐにおむすびを握ると、しばらく手のひらで転がしてから、兄と同時に齧りついた。

「どげんや？　旨うなったろうが？」

珍しく笑顔で尋ねる父親の前で、岳志は味を嚙みしめてみた。

「うん。潮味のついて旨うなった」と、兄が言ったあとで、

「いつもと、同じ味になった」と、岳志も笑った。

日の当たらない岩場に、さっきおりて来たけものみちから、冷たい風が吹き込んでいた。父親が濡れた肩にバスタオルを羽織ると、岳志たちもすぐにタオルを捜した。

❖

スナック「みさと」にはかなり客が入っていて、カウンターは全て埋まっていた。中央に真吾兄ちゃんの姿もあり、店に入ってきた岳志たちに、

「おう、お前たちも来たとや？」と声をかけた。

「親父と一緒に餃子食うた帰りよ」

岳志と大海は、一番奥のボックス席に案内された。早速ママがおしぼりを持ってやってきて、

「生樽の調子の悪かとよ。ちょっと見てくれんやろか？」と岳志に頼んだ。

カウンターの中へ入り、生ビールの樽を調節し始めた岳志の背中を心配そうに見守っ

ている女の姿があった。岳志が見せてくれた写真より、かなり老けて見えた。

「ママ、あれが桜っていう……」

大海の問いを遮るように、ママが「そうそう」と答え、水割りの入ったグラスを持たせた。

「岳志は、ようここに呑みに来るとね？」

「そうねぇ、週に二、三回やろか。桜ちゃんの入っとる日は絶対来るさ。最後までおって、送ってくれるもんねぇ」

「岳志がね？」

「そうよ。岳志くんは優しかけん……ばってん……」

「どげん女ね？　お金に困っとるのやろか？」

「お金に困っとるて……そりゃ誰でも困っとるさ。お金に困っとらん人のおったら、ぜひ拝ませてもらいたかよ」

ママが話している最中に、酔っぱらった真吾兄ちゃんがカウンターからやってきた。

「どら、たまには一緒に呑もうで」と酒臭い息を、大海の顔に吐きかけた。

「ママ！　知っとるね？　このあんちは、東京で女と暮らしとるらしかばい」

「あらぁ、そうね。初耳ばい。なんね、結婚すっと？」

ママの質問に、大海が答えようとすると、真吾兄ちゃんが口を挟んだ。

「結婚なんてせんせん！ 東京の女は自立しとるけん。男は必要なかってばい」

ママの体に絡《から》みつくようにして、真吾兄ちゃんが言うと、ママはその体をゆっくりと剝《は》がしながら、

「東京もここも変わるもんね。女は女さ」と答えた。

大海がチラッとカウンターの方を窺うと、さっきまで真吾兄ちゃんがいた席に、岳志が座っていた。カラオケに興じている他の客たちを尻目に、カウンター越しに桜と神妙な顔で話し込んでいる。

カラオケを歌い終わった年配の男が、桜に水割りを作るように催促すると、まるで犬の糞でも踏んでしまったような顔をして、岳志がその男を露骨に睨みつけた。

そんな弟の姿を眺めながら、大海はママが作ってくれた水割りを一息で呑み干したのだが、咽喉に流れ込んでしまった氷で、涙が出るほど咳き込んだ。

十二時をまわり、カウンターの客が一人二人と帰りはじめても、岳志はボックス席へは戻らず、ずっと桜をひとり占めしていた。岳志が戻って来るのを待ちながら、出される水割りをガブ呑みしていた大海は、いつの間にか歩いてトイレへ行けないほど酔っていた。真吾兄ちゃんも、ママに膝枕をしてもらったまま、鼾《いびき》をかいて眠っている。

「ママ！ グッチって知っとるね？」

「も、もちろん知っとるけど……お兄ちゃん、ちょっと呑み過ぎやない？」

「まぁだ全然呑んどらんよ。それより、グッチって知っとるね？」

呂律《ろれつ》の廻らなくなった口調で、大海がママに絡み始めた。

「だけん、知っとるよぉ」

「そればね、そのグッチのバッグばね、欲しかって言うとさ」

「誰が？」

「だけん、一緒に住んどる女がさ」

「東京で一緒に住んどる女の子が？」

「そう、遠く離れた東京で。でね、それがまた何万もするんよ。いや何十万も。俺がさ、そんな物買ってやれるわけないやろ？　ね？　買ってやれるわけないやろ？　そう言うたらね、買ってやれるわけないって言うたらね、じゃ、自分でバイトして買うって言い出したんよ」

「あらぁ、偉い娘やないね？」

「ははは、偉いもんね。何のバイトって思う？」

「いや、分からんけど……」

言い淀んだママの頬に、大海が鼻を擦り寄せた。

「体売るわけやないって言うて、部屋で、一緒に暮らしとる部屋でね、知っとるかな？　テレフォンセックスって知っとるね？　男から電話がかかって来る。見も知らん男からよ」

「え？　電話で、すると？」

「そうさ、俺がベッドで寝とるやろ、そしたら隣の台所から『あぁー、はぁーん』って聞こえてくる。何度も辞めろって言うたとけどさ、こんなんで金が貰えるんやし、自分のものを自分で買うのに、口出しするなって。『あぁーん。はあ——ん』って夜中までよ。電話終わるやろ、そしたら、ノートにね、喋った分数を書き込むわけ。書き込んだノートを、どこぞの会社に送るやろ、そしたら翌週には何万か口座に振り込まれるんよ」

「あらぁ、他に何かバイトないんやろかねぇ、東京なんて何でもありそうやのにねぇ」

「いや、あることはあるさ。でも夕方まで普通に働いて、家で出来る仕事っていうたら、それくらいしかないやろ、って、最近では開き直っとる」

「あらそう。そんなに厭《いや》なら……毎月少しずつでもお金貯めて、俺が買ってやるって言えばいいやないの」

「すぐ欲しいらしい。すぐ欲しいから、待てんらしい」

ママに絡んでいる兄を、岳志はカウンターからチラチラ眺めていた。何度かボックス席に戻る素振りを見せたのだが、桜がなんだかんだと呼び止めていた。

「……でもね、電話して来る男の中に面白か奴もおる。この前なんか、隣の部屋でその電話聴いとったら、切腹マニアらしくてさ、そのかけてきた男が」

「へぇ、切腹？」

「そう、切腹。『今から切腹する。どうしてもお前に介錯《かいしゃく》して欲しい』とかなんとか、とにかく、悦に入っとる」

「なに、お兄ちゃんにも聞こえると？　その電話の声が」

「いや、その時はさ、あんまり面白そうやけん、彼女がスピーカーで聴かせてくれた。とにかく本格的に演技しとる。『これから軍刀を持って割腹する。最後の苦痛に見苦しい姿を見せるかもしれんが、怖がることはない。いいか、人は誰でも死を迎えなければならん。いいか、怖がることはない』そう言うもんやけん、二人で必死に笑い堪《こら》えとったら『はい、と返事をしろ』と怒り出すわけよ。彼女が笑い堪えながら『はい』って返事するもんやけん、もう堪え切らんで、俺なんか腹抱えて、笑ろうた笑ろうた」

「いやぁ、なんか……恐ろしゅうないの？」

「恐ろしゅうなんかないよ。ただ可笑《おか》しゅうして」

「電話の向こうやろ？　本当かもしれんやないの？」

「本気で切腹する奴が、テレフォンセックスに電話かけてくると思う？」

「まぁそうやけど……いろんな人がおるんねぇ。東京には……」

大海が続けて話し出そうとした時、カウンターで呑んでいた岳志が、

「もういい加減にせろよ！　馬鹿の真似して楽しかか！」と怒鳴った。

何年かぶりに喧嘩を売られて、すぐに大海は立ち上がろうとしたのだが、酔っぱらっているせいで、ママの膝で寝ている真吾兄ちゃんの上に倒れ込んでしまった。

岳志も、カウンターで立ち上がろうと身構えていたが、桜がなだめるように肩を押さえていた。

「お兄ちゃん、呑み過ぎたねぇ……」

倒れ込んできた大海を抱え起こしながら、ママが優しく囁《ささや》いた。カウンターの岳志が、

「ほっとけ！」とまた怒鳴った。

その声に、怒りがぶり返した大海は、

「自分だけ女に頼られとる思うたら大間違いぞ！　自分だけが女、助けてやっとるなんて思うたら大間違いぞ！」と叫んで、テーブルのグラスを落としてしまった。

厚い絨毯の上で、珍しく割れたグラスを、ママはしばらく不思議そうに眺めていた。

翌朝、大海が二日酔いの頭を押さえながら起き出すと、岳志はすでに店を開け、自動販売機にビールを補充していた。

裸同然の格好で、大海は店先に出た。そして夏日を浴びた坂道に座り込むと、

「烏龍茶ば、一本とってくれんや」と、岳志に命じた。

岳志は自動販売機を操作し、開けっ放しの取出口から冷えた烏龍茶を取って兄に渡した。店の中から父親も顔を出した。

「よか身分やなぁ、こんがん遅うまで寝とって」

「たまに帰って来た息子が多少朝寝するくらい大目に見てくれてもよかろうに」

大海の言い訳を聞きもせず、父親は、今日の配達先を岳志に命じ始めた。話し終わった父親が、店に戻りながら、

「おう。今夜、店閉めたら墓参りに行くけん。勝手に遊びに行くなよ」

と、息子たちに告げた。

この街の、昔からの風習で、お盆の墓参りは日が落ちてから行くことになっている。昼間のうちに何十もの提灯《ちょうちん》を墓にぶら下げておき、夜はその提灯の明かりで墓前に参る。子供たちは手に抱え切れないほどの花火を買ってもらい、蚊に刺されながら何時間も花火をして遊ぶ。この辺の墓地は、急な斜面に、まるで段々畑のように建てられており、黒御影《みかげ》や白御影の墓石が、周りを塀に囲まれて一基一基区分けされて建っている。

「大海。今日は配達に廻らんでよかけん。墓に行って提灯下げて来とけ!」

店の中から聞こえた父親の声に、大海は掠《かす》れた声で「分かった」と答えた。

「なぁ、岳志。なんか食うもんないとや?」

「握り飯なら台所にあるぞ」

自動販売機にビールを詰めながら岳志が答えた。

「握り飯って、まさかお前が握ったとや？」

「おう。なんで？」

「お前が握った握り飯なんか、食う気にならん」

「そんじゃ、食うな。食ってもらわんで結構」

岳志は乱暴に自動販売機の扉を閉めた。その時、「岳志、電話ぞ」と叫ぶ父親の声が聞こえた。岳志は、地面に唾《つば》を吐きつけた。

「お前が力任せに握ったおにぎりなんて、硬うして食えたもんじゃない。ギュウギュウ押さえつけられる米粒だって迷惑しとるに決まっとる」

「……そんな握り方せん！」

「お前が気づいとらんだけさ」

その時また「岳志、電話ぞ！」と叫ぶ父親の声がした。岳志は何か言いかけたのだが、結局何も言わずに店の中へ戻って行った。

電話の前には首を傾げた父親が立っていた。

「Nテレビの人ぞ」

「Nテレビ？」

「おう。お前また、何かしでかしたとじゃないやろな？」

岳志のあとから店へ入って来た大海が、

「何かしでかしたなら、テレビ局じゃなくて、警察やろ？」と、笑った。

岳志がその電話に出てみると、早口な長崎弁で女が、一方的に喋り出した。

「はぁー、はぁー」と繰り返すだけの岳志を、横で父親が見守っていた。

「なんや、なんの電話や？」

「いや、よう知らん。……けど、明日の朝な、テレビに出てくれんかって」

「テレビ？　お前がか？」

「うん……いや、俺の家も」

冷蔵庫から売り物のチーズを取り出していた大海が、

「あの家がテレビに？」と大声で叫んだ。そして、

「ま、まさか、気違い扱いされるとじゃないやろな？」と言いながらチーズを齧った。

表情を硬くしている父親に「いや、そうじゃなかやろ」と岳志が答えた。

電話は、毎朝全国放送されている「いい朝7時」という情報番組の、列島縦断という
コーナーで岳志の家を数分放送したいという内容だった。本来の予定では、鍛治屋町に
住むギヤマン職人を取材するはずだったのだが、突然その老職人が体調を悪くし、岳志
が抜擢されたらしかった。

「ばってん、なんでお前の家なんか、テレビの人が知っとるのやろ？」

「いやな、昨日あの家の前ば、偶然通って写真撮って帰ったらしか……」

「そいにしても、明日の朝なんて、急な話やな。何時からや？」

「七時半頃って言いよった」

大海から半分貰ったチーズを齧る岳志に、

「……今夜は呑みに行くなよ」

と、父親が釘を刺した。


三人で、宝龍のちゃんぽんを食ったあと、大海は提灯を抱えて墓へ、岳志は予定通り中元の配達に出た。

中元の配達の場合、住所だけを頼りに、初めての街で家を捜さなければならない。ちゃんと区画整理された街ならいざ知らず、急な坂段がまるで山を縫うように伸びている長崎では、住所だけではそう簡単に他人の家は見つからない。道の真下に見える家へ行くのに、一旦坂をくだり、また別の坂をあがらなければならないこともよくある。

ひとり夕闇の中、重い荷物を肩に担いで、なかなか見つからない家を捜していると、だんだん卑屈にもなってくる。

やっと見つかったとしても、なんの前触れもなく、突然中元を運んで来た自分が、なにかタイミングの悪い訪問者のような気分になる。家の中から聞こえる賑やかな笑い声や、まだホカホカしている夕飯の匂いが、岳志にチャイムを押すのを躊躇《ちゅうちょ》させる。それでも、住所が分かっている配達先ならまだましだ。住所が間違っていたり、昔の番地で書かれてあると、とにかく足を使って捜すしかない。しかし、捜せば捜すほど、坂道は深まってゆくし、奥を探れば探るほど、さっき確認しなかった家だったような気がしてくる。

坂道の一番奥まった所にある家からは「そうよ、そう。もっと奥まで」と誘う声が聞こえ、通り過ぎる家々からは「もう行っちゃうの？　そんなにあっさり行かれると、なんだか物足りないわ」と落胆の声も聞こえる。

ビールケースを担いだ肩が痛みだし、とうとう岳志は立ち止まる。その瞬間に、街全体から見放されたような気分になる。一番奥までのぼりつめなかった自分を、冷たい失望の眼差しで、誰かが見ているような気がする。岳志はビールケースを地面に下ろし、それを跨《また》いで腰かける。必要もないのに、ケースの中から一本一本ビールの瓶を抜き出して、丁寧に素手で拭きながら、一人で作ったあの家でビールを呑んでいる自分の姿を想像してみる。

墓場へ向かって急な坂道をのぼっていく途中、大海は真吾兄ちゃんの息子シゲユキに会った。実は大海が童貞を喪失した夜とシゲユキの誕生日は同じだった。そのせいか、大海はシゲユキと会うたびに彼の年齢を尋ねてしまう。

「シゲ坊、提灯下げ手伝うたら、花火買うてやるぞ」

大海はシゲユキを唆《そそのか》し、一緒に墓へ連れてあがった。

「もう小学校やろ？　何年になった？」

「まだ二年さ」

生意気に答えたシゲユキの耳の形は、真吾兄ちゃんとそっくりだった。小学校二年といえば、母親が死んだ時の岳志と同じ歳になる。

「今日は休みやけん、真吾兄ちゃんまだ寝とるやろ？　昨夜、遅うまで呑んどったもん」

「うん。まだ寝とったけど、起きらん方がよか……」

「なんで？」

「起きたら、勉強せろ勉強せろて、うるさかとやもん。自分は毎晩毎晩、酔っぱろうて帰ってくるくせに……」

「へぇーあの真吾兄ちゃんがね？」

墓に着くと、先に取り付けた木枠に、シゲユキが広げた提灯を、大海が丁寧に結んでいった。

「ねぇ、これば手伝ったら、爆竹も買《こ》うてくれる？」

「おう、なんでん買うてやるさ」

「よし。そいじゃ今度、お父さんが勉強せろて言うたら、寝とるお父さんの頭の上で、爆竹バンバン鳴らしてやる」

「ははは、そんなら、奮発して一万円分買うてやるぞ」

真上から照りつける夏日で、首にまいたタオルにはすぐに汗が滲《にじ》んだ。提灯をつけ終わると煙草を一本吸い、大海は母親の命日や戒名が書かれた墓石の裏へ廻ろうとした。しかし、なんとなく空々しいような気になって途中でやめてしまった。日々の生活で、殆ど思い出すこともないのに、墓に来たからといって急に感傷的な気分になるのが、なんだかとても気恥しかった。

店へ戻った大海は、配達用のバイクにシゲユキを乗せ、中華街にある大きな花火販売所へと坂をくだった。販売所は小さな子供たちで混み合っていたので、大海はシゲユキに籠を持たせ、自分は店先で煙草を吸っていた。

しばらくすると、店の中から見知った女の子が、花火を抱えて外へ出てきた。

「おうユリちゃん。お兄ちゃんのこと覚えとるね？　ほら、酒屋の大きい兄ちゃんよ」

そう言って呼び止めた大海を「みさと」のママの一人娘は、訝《いぶか》しそうに見上げていた。

「お母さんは？　まだ中におると？」

ユリが首を横に振っていると、後ろから化粧をしていない普段着の桜が出て来た。

「あらぁ、きのうは大丈夫でした？　酔っぱろうとったごたるけど……」

口紅さえ塗っていないせいか、暗い店内で見るよりも、桜は若々しく見えた。

「いやぁ、大丈夫ですよ。朝は二日酔いでくたばっとったけど……」

照れ臭そうに大海は答えた。

「花火ば、買いに？」

「あ、うん。近所の子供にねぇ、買うてやろうと思うて」

「もしかして、真吾さんの息子さん？　中で、爆竹ばっかり買いよったけど」

「ははっ、そうですか？」

今日は配達はお休みですか？　と聞く桜に、コーヒーでも飲もうと誘いたくて、大海は辺りに喫茶店がないかとキョロキョロした。シゲユキが店から出てきて、籠一杯に詰まった花火の勘定を済ませると、大海は桜ではなく、ユリに向かって、

「アイスクリームば、奢《おご》ってやろうか？」と誘った。

隣にいたシゲユキが、元気良く「ボクも」と答えたので、桜も笑いながら、すんなり誘いに乗った。

シティーホテルの一階にある喫茶店に腰を落ち着けると、早速子供たちは口の周りをチョコレートで汚し、懸命にスプーンを使い始めた。

「あ！　そう言えば、明日の朝、岳志がテレビに出るとよ」

「テレビに？」

「そう。あれが作りよる家がね、テレビに映るらしか」

「ふーん」

期待外れの反応に、大海はなんとなく萎縮《いしゅく》してしまった。

四本目の煙草に火をつけた大海に、とつぜん桜が話しかけてきた。

「お兄ちゃんに、こんなこと言うても、どうにもならんのやろうけど……」

大海には、桜が苦しそうに見えた。

「岳志のことやろか？」

「……お兄ちゃんも誰かから、聞いとるでしょ？　お金をね……」

桜が言い出し難そうにしていたので、見兼ねて大海が話を続けてやった。

「いやぁ、あれが好きでやっとることやけん、俺も、たぶん親父も、なんも思うとらんですよ。あれが好きでしよることやけん」

「いや、あのねぇ……変に、変に取らんで下さいよ。確かに岳志くんが、毎月お金を持って来てくれるんですよ。何度も何度も、持って来てくれる度に、お断りしとるんですけど……。でも、無理に置いて行くもんやけん、私も困ってしもうて……あの、変に、変な風に取らんで下さいよ。今まで貰っとるお金も、ちゃんと使わずに持ってますし、いつか返そうとも思ってますから」

「返すって……」

アイスコーヒーの氷をくるくると廻しながら、桜は話を続けた。

「迷惑って言いよるわけじゃないんです。でも、なんて言えばいいやろ、岳志くんはなんか、私のこと助けようと思うとるらしいんやけど……、いや私ね、去年離婚したんですよ。離婚して、この街に来て……言うてしもうたら、もう男の人と、どうこうなろうなんて気もないし、正直に言うけど……岳志くんは、私が寂しくしてて、それを自分が救ってやっているつもりになっとるのかもしれんけど、私、一人で平気なんですよ。お兄ちゃんにこんな話しても仕方ないのやろうけど……」

「一人で平気って……それなら、ちゃんとそういう風に岳志に言えば……」

「もちろん。もちろん言ってますけど……、とにかく強引な人やろ、あの人。それにまだ若いし、私より七つも下なんよ。それなのに、自分がおらんと、私が死んでしまうように思い込んでしまっとるようで……」

「それならそうと、ちゃんと岳志に……」

大海は、自分の声が少し激してきたことに気づいて、取ってつけたように隣に座っているシゲユキの頭を撫でた。

「あの、お兄ちゃんから、言うてもらえんやろか？」

「言うって、何を？」

「だけん、岳志くんに……今までうちに置いていったお金は、全部返すし……」

改めて桜の顔を見ると、さっきとは違い、歳相応の小皺《こじわ》や肌荒れが目立った。大海はしばらく窓の外の夏日に照らされた県道を眺めていた。

「でも、そういうことは、本人同士の方が……」

そう言って逃げようとした大海に、桜はきっぱりと言い切った。

「私が何度言っても駄目やけん、頼んどるとじゃないですか！　毎回毎回、うちの部屋に来るたびに、『もう来んで、ここに来たら駄目』って何度言ったか分かりませんよ」

怒りを帯びた桜の声に、シゲユキとユリのスプーンが止まった。心配そうに、二人は顔を見合わせて、それからまたパフェに向かった。

「だって、店では……仲良さそうに……」

「店では、って……だってお客さんやし……」

桜は、少しムッとしたような表情をみせた。

「私、離婚したの自由になりたかったからやし、岳志くんがおらん方が、きっと自由に何でもやれるし……。最初は、初めの頃は私も、離婚したばかりやったし、まだまだ私もモテるんだわって、喜んどったんやけど……、やっぱり……というか、あまりにも……」

大海は、底に残っていたアイスコーヒーを音を立てて飲み干し、落ち着いた声で、

「分かりました」とだけ言った。

子供たちが、パフェを食い終わるのを待ち、勘定を済ませた大海に、「ごちそうさま」と桜がお礼を言った。

そのとき、乗ってきたバイクに向かって歩き出したシゲユキを、とつぜん大海が怒鳴りつけた。

「おら、待て！　送らんといかんやろ！」

ビクッと体を震わせて、シゲユキが立ち止まった。桜が、慌てて、

「いや、いいですよ。近いですし……」と、断った。

大海が「いや、送りますよ」としつこく言うと、今度は桜の方が少し面倒臭そうに、

「いや、本当にいいですって！」と、声を荒らげた。


その夜、玄関を蹴り破る勢いで、真吾兄ちゃんが飛び込んできた。岳志と昭三は、二人で晩飯を食っていた。

「岳志が、テレビに出るて、本当や？」

飛び込んできた真吾兄ちゃんを、上目遣いに眺め、昭三は筍《たけのこ》の煮シメをゴリゴリと噛んだ。

「おうおう、なんば呑気に筍なんか食うとるとや！　近所中の評判ぞ。酒屋のあんちが

テレビに出るって」

真吾兄ちゃんは、かなり興奮しているようだった。

「兄貴は？ 大海はどこいった？」

「兄ちゃんなら、高校ん時の友達と遊びに行った」

「お前たちも呑気かなぁ……、テレビで喋ることとか、ちゃんと考えたとやろな？」

「いや」

「いやって、お前、まさか、近所に解体屋の兄さんがおって、その現場からトタンやサッシを貰って作りました、なんて言うわけにもいかんやろ？」

「もちろん、そりゃいかん。それなりの話をせんといかん」

昭三が尤《もっと》もらしい顔で言った。父親にそう言われて、岳志も急に不安になった。

「どげんこと聞かれるやろ？」

「そりゃお前、あの家を作った動機やら、目的やら、いろいろ聞かれるさ」

「目的って言うて……なんて答えればよかやろか？」

「そりゃ、お前が考えろ。親父に聞かれても、知るもんか」

食卓を囲んで、のんびりと交わされている会話に、真吾兄ちゃんは苛々していた。

「おう、それより、岳志お前、革靴くらい持っとるのやろな？」

「いや、今は持たん」

「持たんて、お前。……どら、俺が去年買った靴のあるけん、それば履いて出ろ。スーツも貸すけん。ネクタイくらいせんといかんやろ？」

「そりゃ、ネクタイはせんといかん」

昭三はそう言って何度も頷いた。

◈

仕出し屋の弁当を食い終わると、息子たちは早速ゴム・ボートのある砂浜へ、急な岩場をおりていった。岩場に残った昭三は、ゆっくりと煙草を吸い、砂浜でじゃれ合う息子たちを眺めた。いつの間にか、小さな二つの背中は真っ赤に日灼けしている。昭三は、今夜風呂に入れた時に出すだろう息子たちの悲鳴を想像して、小さな泡のような笑みを浮かべた。

朝に比べると、かなり波が高くなっていた。その波に流されないよう、息子たちが懸命に手で押さえているゴム・ボートは、子供が扱うには少し大き過ぎた。砂浜に打ち寄せる高い波が、時々ゴム・ボートをひっくり返してしまいそうになる。息子たちは歓声を上げ、波に揉まれるゴム・ボートに必死にしがみついていた。

尻の下に出来た水溜りで、昭三は煙草の火を消そうとした。そのとき沖の方で波が重なるのが見えた。昭三はまだ火のついた煙草を手に立ち上がり、その大きな波が息子たちに被さる瞬間を見ようとした。

二人はゴム・ボートの縁を跨ぐように座り、体を大きく波に揺らせていた。周りの岩にぶち当たりながら、広がっていた波が小さな浜へと集まり、あっという間に、ゴム・ボートは転覆した。

波にのまれた息子たちの頭は、すぐに海面へ浮かんだ。大海の方は笑っていたが、少し海水を飲んだらしい岳志が、濁った咳をしていた。

波にのまれた瞬間に、二人の手を離れたゴム・ボートが、沖の方へと流された。

「あ！　ボートの流されたぞ！」

「早う、捕まえろ！」

叫び合う息子たちの声が聞こえ、昭三は、咄嗟《とっさ》に「動くな！」と叫びそうになった。ゴム・ボートはそれほど遠くへ流されているわけではなかった。大海がすぐに泳ぎつき、あとに続いた岳志が、それにさっと乗り込んだ。昭三は肩を怒らせている自分に気づき、少し照れたように笑うと、濡れた指で煙草を消した。

❖

岳志が二分間だけテレビに出演した夜、真吾兄ちゃんを中心に大宴会が開かれた。宴会には今年九十二歳になる町内会の名誉会長まで現れ、由美子姉ちゃんや林葉のおばさんが、忙しそうに台所で準備に追われていた。

「……しかし、テレビにまで出て、酒屋の宣伝しかできんなんて、ほんと、お前も頼りにならんなぁ」

真吾兄ちゃんの話に、みんなゲラゲラ笑っていた。

「アナウンサーに何を質問されても、全部『分かりません』やもんなぁ」

「本当ばい、小学生じゃあるまいし、顔真っ赤にして黙り込んでしもうてなぁ」

そう言って笑い出した大海に、岳志はビールの蓋《ふた》を投げつけた。

「由美ちゃん！ ビールば持って来てくれんね！」

縁側に座った父親の、機嫌良さそうな声が響いた。真吾兄ちゃんの親方である、徳二郎さんも真っ赤な顔をして、座を盛り上げていた。

「……これは、どういう目的で始められたんですか？……分かりません。あ、あの、じゃ、完成されるまであとどれくらい？……まだ、分かりません。子供の頃から建築や彫刻に興味があった、とお兄さんにお聞きしたんですが……いや、それは、兄ちゃんの嘘です」

徳二郎さんがアナウンサーと岳志のやり取りを真似すると、台所の方からも笑い声が上がった。

「まぁ、よかやっか！ 大役ばこなしたとやもん。どら、寿司ば食え。寿司ば」

すっかりいい気分になっている真吾兄ちゃんが、そう言いながら寿司の皿を引き寄せると、隣にいた大海がマグロを抓《つま》み出し、岳志の皿に入れてやった。

「しかし、まさかお前の感性が、スペインのカタルーニャ地方に傾倒していらっしゃるとは思いもせんやった。長崎のガウディって言われてもなぁ……」

大海は、もうこれ以上我慢出来ないとばかりに、口から米粒を飛ばしながら、腹を抱えて笑い転げた。

放送終了三十秒前になって、とにかく生返事ばかり繰り返す岳志に、困り果てたアナウンサーの女性が、

「それでは、この家のことについて、少しご本人から直接お話しして頂こうと思います」と、マイクを岳志に渡した。

鼻先にカメラを突きつけられた岳志は、それまで以上にアガってしまい、

「あ、あの、ほ、星取町で酒屋をやってます、嶋田岳志です」とだけ言って、すぐに黙り込んだ。

カメラマンの助手が、口を押さえてクスッと笑った。

その翌日、大宴会の二日酔いを引き摺って、大海は東京へ帰った。長崎空港までトラックで送って行った岳志が戻ると、昭三は店を閉めて風呂に入った。洗わずに湯をはっ

たものだから、背中に感じる風呂釜の湯垢が気になって仕方なかった。なんとなく食欲がなく、晩飯を食いに行くのはやめておくつもりでいた。

風呂上がりの火照《ほて》った体で、店へビールとツマミを取りに戻ると、岳志がまだレジの勘定をしている。

「お前、今日も呑みに行くとか？」

「あ、うん」

岳志は、昭三の顔を見なかった。

「あんまり、無茶苦茶するなよ」

「何を？」

「何をって……」

冷蔵庫からビールを取り出し、昭三は家へ戻った。開け放った縁側から涼しい風が吹き込んでいた。ビールを二本、立て続けに呑み干すと、昭三はパンツ一枚のまま布団に寝転がった。

いつの間にか眠ってしまい、目を覚ました時には、脹《ふく》ら脛《はぎ》に二ヵ所、蚊に食われた痕《あと》があった。立ち上がった昭三は押入れを開け、蚊取線香を捜した。アイロンや掃除機を掻き分けて捜したのだが、蚊取線香は見つからなかった。仕方なく、岳志がいつも買ってくる蚊取マットをつけることにした。

岳志が言うには、この蚊取マットは一度スイッチを入れてしまえば、九十日間連続で効き目があるらしい。確かに便利だと思うのだが、昭三にはどうも物足りない。九十日間連続などと言われてしまうと、夏を一纏《ひとまと》めにされてしまったような気持ちになって、どうも不甲斐ない感じがする。便利ではないが、毎晩一つずつ蚊取線香を燃やしていたい、と昭三は思う。

ただ最近では、そういう信念を簡単に捨ててしまえるのも確かだ。蚊取線香がなければ、岳志が買ってくる蚊取マットを使えばいいのだし、何も目くじらを立てて「蚊取線香を、買って来い！」と怒鳴る必要もない。

昭三は、結局蚊取マットをセットして、窓を開けたまま布団に入った。足が冷えると言って、エアコンを嫌った妻のお陰で、昭三は未だに扇風機で夏を過ごす。今夜のように涼しい風が吹く夜には、扇風機さえつけずにぐっすり眠れる。

変な格好で寝てしまったのか、電話が鳴って目を覚ました時、首筋が酷く痛かった。東京に着いた大海からの電話だと思い「もしもし」と無愛想な声で出た。

しかし、かかって来た電話は、東京の大海からではなく、地元の警察からで「岳志を今夜一晩、留置場に拘留《こうりゅう》する」という知らせだった。昭三が慌ててその理由を聞くと、応対した警察官が、少し面倒臭そうにこう説明してくれた。

「ある女性の部屋に、無理やり入ろうとしたらしいんですよ。いやね、被害者の女性と息子さんも、面識がないってわけじゃなさそうだし、被害者の女性が勤めてるスナックのママさんからも『ことを荒立てないように、お願いします』って言われてますしね。今夜だけ、一晩だけ、ここで反省してもらってですね……。ほら、若い者のやることやし、お父さんもあんまり心配なさらんで下さいよ。

いやぁ、なんでも、その女性が居留守を使って、息子さんを部屋へ入れようとしなかったらしいんですよ。息子さんは、ほら、中にいることを知ってるもんだから、何度も何度もチャイム鳴らしたり、玄関叩いたり、自分でも気付かんうちに、力が入ってしまったんでしょうね。途中から、扉を蹴ったりしたらしいんですよ。最後には、裏の方に廻ってですね、物干し竿を窓の間から突っ込んだりしたらしくて、隣に住んでらっしゃる方が、恐ろしがってしもうて、警察に通報してきたんですよ。だからほら、ちょっと大事になってしもうたんですけど……、いや、若い者は思い込んだら、一生懸命やし……。その被害者の女性も今はすっかり落ち着いてますから、大丈夫ですよ」

「で、岳志は？」

「ああ、息子さんは元気なもんですよ。息子さんが言うには、その被害者の女性が、部屋の中で自殺しようとしてるんだと、勝手に思い込んでしまったらしいんですよ」

昭三は、明日の朝一番で、迎えに行くと約束してから電話を切った。電話で喋っている最中に、今度は太股を蚊に食われていた。

昭三は「ぜんぜん、効いとらんやっか！」と怒鳴って、足元にあった蚊取マットを蹴飛ばした。

◈

岩山を撫でるように月がのぼり、昭三は、砂浜の息子たちに声をかけた。息子たちは早速、ゴム・ボートを引き摺り上げ、体全体を使ってボートの空気を抜き始めた。

彼らが磯遊びにでかけた浜は、日の落ちる反対側にあり、美しい日没の瞬間を眺めることはできない。午前中におりて来たけものみちを戻り、トラックを置いた場所からなら、海に溶け込む太陽が見える。

「ボートの中に、いっぱい砂の入ったけど、そのままでもよか？」

大海が、岩場にいる昭三に向かって叫んだ。この浜ではあっという間に日が陰ってしまう。

「入っとってもよかけん。早う持って来い！」

そう叫びながら、けものみちの方を確かめると、いつの間にか、林の中は真っ暗になっていた。

トラックを置いてある県道の方で、激しいエンジン音と共に、何台かのバイクが近づいてくる気配がした。岩の上で海水パンツを脱ぎ、ざっと体を拭いた昭三は、その音に耳をすました。息子たちは、やっとゴム・ボートの空気を抜き終わったところだった。日が落ちたせいで、急に風が冷たく感じられた。

暗くなった林の中で、突然笑い声が響いたかと思うと、暗いけものみちから、数人の若者が岩場に姿を現した。女を含む十人程度のグループで、その髪型や格好からすぐに暴走族だと分かった。

岩の上で着替えていた昭三に気づいた若者が、

「おじさん！　ビール残っとらんですか？」と冷やかした。

「もう呑んでしもうた。……それより、夜は危なかぞ、すぐに満ちて来るぞ」

昭三の忠告を、誰も聞いていなかった。連れの女たちの肩を抱いたり、腰に手を回したりして、危なっかしい足取りで砂浜へとおりて行った。ちょうど、ボートを抱えた息子たちが、その集団を掻き分けるように、暗い岩場をのぼってきた。

「うわぁ、見て見て、この子ら、よう日に灼けとるよ」

すれ違った岳志の背中を触り、短い髪の女が笑っていた。

息子たちが岩場へ戻ってくると、昭三は、

「一回トラックに戻って懐中電灯ば、持って来るけん。着替えて待っとれ」と指示し、足早にけものみちをのぼっていった。

大海と岳志は、岩場に散らばっている自分のパンツやシャツを捜し出し、冷たい風に少し体を震わせながら、黙々と着替え始めた。砂浜におりたはずの若者たちの姿は、暗くてよく見えなかった。ただ、甲高い笑い声と波の音だけがときどき風に乗って聞こえていた。

「兄ちゃん、ほら、向こうの灯りば見てみぃ、奇麗かねぇ」

岳志が指差した海の先に、赤や緑の「海の家」の照明が輝いていた。着替え終わった二人は、濡れたバスタオルを肩にかけ、その「海の家」の灯りを眺めていた。すると突然、目の前で炎と歓声が上がった。若者たちが、砂浜に放置されたドラム缶で、焚き火を始めたのだ。

高く燃え上がった炎に、彼らは奇声を上げて喜んでいた。暗かった砂浜に、炎に照らし出された人間の姿が、くっきりと浮かび上がった。

「なんか、気色悪かなぁ……」

「人食い人種が踊りよるように見える」

彼らは薪《まき》ではなく、ドラム缶に直接ガソリンを注ぎ込み、それを燃え上がらせていた。岩場の方にも、その臭いが届いていた。この風景とは不釣り合いな臭いに、大海と岳志は咽喉をつまらせた。

赤いシャツを着た男が、ドラム缶にガソリンを流し込むのが見えた。炎が勢いよく噴き上がり、歓声があがった。

「女と一緒に火ば燃やして遊んで、あの人たち楽しかとやろか?」

岳志の問いに、大海は「知らん」と短く答えた。

また赤いシャツの男が、ガソリンを注ぎ込むと、今度はその注入口に炎が燃え移った。ドラム缶の炎に比べれば小さな炎で、赤シャツの男は面白がって、それを振り回して遊び始めた。その時、笑いながら逃げ回っていた女のスカートに、風にのった炎が燃え移った。

小さかった炎は、女の長いスカートを、あっという間に一周した。波の音も、森の樹々を揺らしていた風の音も、もちろん彼らの笑い声も一瞬途絶えた。銀色の波が女を手招きしているように見えた。やっと他の女たちが悲鳴を上げた。火のついた女は悲鳴も上げず、必死に炎を叩き消そうとしていた。砂浜で助走をつけた赤シャツの男が、女に向かって走り出し、思い切り背中を蹴飛ばした。女はやっと悲鳴を上げ、海の中へと倒れて沈んだ。ジュッという、炎の消える音がした。

岩場に座った兄弟は、指一本動かさず、まるで対岸の灯りでも眺めるように、一部始終を、ただ黙って眺め続けていた。

◈

羽田から都心へと向かうモノレールの中で、大海は何度かバッグを開いた。中に詰めてきた洗濯物が、臭っているような気がしてならなかった。

岳志に空港まで送ってもらうトラックの中で、桜の話をするべきだとは思ったのだが、結局なにも話せなかった。

ただ「岳志が出演した番組は、電話をかけて知らせたから、東京でもビデオに撮っているだろう」と話すと、岳志は少し表情を硬くして、

「その女も、あの番組見たやろか?」と尋ねてきた。

大海はしばらく考えてから、

「見とらんやったら、無理やりにでも見せるさ」と答えた。

モノレールからJRに乗り換える時、大海はよほど夕子に電話しようかと思ったが、どうせ電話中だろうと思ってやめてしまった。電車が荻窪の駅に着き、コンビニでビールを買ってからアパートへ戻ると、案の定、夕子は電話の真最中で、受話器を持ったまま玄関まで迎えに出てきた。

『あなたが、脱がせてよ』

夕子はそう言いながら、「おかえりなさい」と大海に目で合図を送った。そして、大海の首に腕を搦《から》めながら、

『ねぇ、手じゃなくて口で脱がせて。口を使ってパンティを脱がせてよ』

と、受話器に囁いた。

大海は靴を脱ぎ、そのままベランダに出た。バッグの中から汚れ物を出し、洗濯機に押し込んだ。下着やTシャツくらい、実家に置いて来ても構わなかったのだが、それを洗わなければならない岳志に気を使って、結局東京まで持って来たのだ。

ダイニングに戻ると、大海は買ってきたビールを開け、眼の前に座っている夕子に一本差し出した。

『いや、いやぁん。お願い、ねぇ……』

と言いながら、彼女はビールを受け取り、テーブルの上に山積みされた就職情報誌を一冊引き寄せ、その表紙に「もうちょっと待ってて」と殴り書きした。大海はそのペンを奪い取り、その横に「いや待てない」と大きく書いた。

『ねぇ、お願い。もう待てない、ねぇ焦《じ》らさないで……』

夕子がまたペンを握って「あと5分」と書き加えた。

『そうよ、そう。もっと奥まで……』

缶ビールを飲み干した大海は、椅子を引いてテーブルの下へ頭を入れた。目の前にきっちりと組まれた夕子の太股があった。大海が椅子から下り、四つん這いになって太股を舐《な》めると、夕子はテーブルの下へ手を下ろし、舐めている大海の口を押さえた。

大海は口を押さえている夕子の指を、一本一本ゆっくりと舐めた。そして夕子の足を無理やり広げると、その中に顔を埋めた。

大海には、テーブルの下の夕子の下半身だけが見えた。テーブルの上では、夕子が喘《あえ》ぎ声を上げていた。

大海は、真吾兄ちゃんが言っていた「男が世話せんで、誰が女の世話するとや」という言葉を思い出した。夕子の電話が終わったら、別れ話を切り出すつもりだった。おそらく夕子は、テレフォンセックスのバイトを辞めれば、別れ話なんて立ち消えになると思うだろう。大海は、彼女の太股に顔を埋めたままだった。このバイトが原因ではない。もしも彼女に、「どうして別れたいの?」と聞かれたら、なんと答えればいいのだろう? 岳志は間違っていない、と大海は答えたかった。相手の男が電話の向こうでイッたようだった。夕子が、またかけてきてね、と囁いて、ノートに分数を書き込んだ。

翌朝、留置場を出てきた岳志は、昭三の手からトラックの鍵を奪い、自分が運転すると言い張った。店を開けるまで、まだ少しだけ時間があった。

トラックの助手席に乗り込み、

「駅前の日本食堂で、朝メシ食うて帰ろうか?」と昭三が言った。

「焼いた鮭とか、旨かごたるなぁ」

岳志は照れ臭そうに答えた。

「海苔と卵とさ、あんがん朝メシが日本人には一番よかとぞ」

「昨日から何も食うとらんけん、腹減った」

駅の駐車場にトラックを入れ、二人で日本食堂へ向かった。

食事の最中、岳志は何か言われるだろうと、内心ビクビクしていたのだが、味噌汁を啜《すす》ってしまった父親を見ても、特に何も言うつもりはなさそうだった。

「兄ちゃんがな、向こうで一緒に暮らしとる女に、あの番組ば見せるって言いよった」

「お前が出た番組か？」

「そう、俺の家……それより、兄ちゃん、向こうで仕事見つかるやろか？」

「あれは、お前と違って少し自信がないけんなぁ……」

「そうやろか？」

「手の中に握っとるものを、ずっと握っておく自信がない」

そう呟いた父親が、岳志にはとても老け込んで見えた。

その夜「みさと」のママから電話があって、しばらく店には来ないようにと言われた。

「しばらくって、どれくらい？」

岳志がそう聞き返すと、

「そうやね、とにかく二、三日、様子見なさいよ」とママは答えた。

岳志は心の中で、二、三日を過ごしてみた。どうにか耐えられそうだったので、

「分かった。それなら待てる」と答えて電話を切ると、すぐに一輪車を押して「我が家」へ向かった。

やらなければならないことはいくらでもあった。六畳間の壁紙、玄関のタイル、天井の張り替え。岳志は二階へ上がって、作業の途中だった天井を完成させることにした。すでに取り付けてある六十四個のソケットに、あとは豆電球を嵌《は》め込むだけだった。完成すれば、天井に獅子座が輝くはずだった。獅子座は、桜が生まれた月の星座だ。

袋の中の電球の数をかぞえ終った時、脚立《きゃたつ》を忘れたことに気づいた。おまけに、電球の数も一つ足りない。表情を硬くして、もう一度確かめた。しかしやはり一つ足りない。岳志は、電器屋の太ったオヤジの顔を思い出し、横にあったソファを思い切り蹴りつけた。

苛々しながら、脚立を取りに倉庫へ戻った。硝子敷きの通路を抜け、おりてきた坂道をゆっくりのぼった。ポケットの中で鍵をカチャカチャ鳴らし「あの糞オヤジ！」と何度も心の中で毒づいた。

鉄の扉に鍵を差し込んだ。倉庫の中は真っ暗だった。脚立を捜しながら、岳志は天井の獅子座を桜に見せる時のことを想像した。

「これなぁ、一つ電球が足りんけど、獅子座のつもり」

想像の中で、桜は嬉しそうに天井を見上げていた。

脚立は、倉庫の奥にあった。伸ばされたまま、中二階へ掛けられていた。何気なく脚立をのぼり、中二階を覗くと、大きな段ボールがあり、グチャグチャになったシートのようなものが押し込まれていた。段ボールから引き摺り出し、勢いよく広げてみると、それはシートではなく、子供の頃に使っていたゴム・ボートだった。

そのとき倉庫の扉がガタンと開いて、昭三が顔を出した。

「何しよっとか？　電気くらいつけろ」

倉庫がパッと明るくなった。岳志は脚立の上でゴム・ボートを折りたたみながら、

「脚立を取りに来たら、屋根の上に飾る物まで見つかった」

と笑って答えた。

Water

1

熱帯夜、開け放った窓の外から、夏虫の声が聞こえる。蒸し暑い部屋の中では、扇風機が回り、麻雀牌《まあじゃんぱい》の音が籠《こも》っている。さっきから部屋に入ろうとしている蛾《が》が一匹、何度も網戸に体をぶつけていた。

「凌雲《りょううん》！　早う捨てろ！　お前の番ぞ！」

正面に座っている浩介《こうすけ》の声に、ボクは握っていた捨牌《すてはい》をもう一度見た。

「ちょっ、ちょっと待て。よし、これなら通るやろ？」

「ポン！」

叩きつけた捨牌は、すかさず浩介に拾われた。

「わははははっ、今夜の凌はさっきの話に動揺しとるけん、もうダメぞ！」

「気にするな！　大会までに56秒台を出せばよかやっか！」

両隣に座っている拓次《たくじ》と圭一郎《けいいちろう》が声を上げて笑った。

夕方練習が終わって、圭一郎の家に集まったボクらは、もう何時間も真剣に麻雀をしながら、呑気に来月行われる県大会の話をしていた。ただ、ライバル校である聖マリアンヌの田島が、先週百米自由形で56秒台を出したという話を聞いて以来、ボクは全く麻雀に身が入らない。専門種目はそれぞれ違うのだが、ボクたち四人の夢は同じだ。拓次は背泳ぎ、圭一郎は平泳ぎ、浩介がバタフライ、そしてこのボクが自由形を泳いで、メドレーリレーに出場する。陽に灼《や》けた浅黒い肌と、それに不似合いな真っ赤な唇は、ボクらのユニフォームみたいなものだ。

「聖マリの田島が56秒台を出したのって、長水かな？　それとも短水かな？」

「ポン！」

ボクの質問を無視して、浩介が今度は拓次の牌を拾った。

「うっわぁ！　誰か流れを変えろ！　浩介の一人勝ちやっか」

「でも、凌雲も確か、短水でなら56秒台出したことあったやろ？……これもかっ？」

「当たり！」

圭一郎が捨てた牌で浩介が和了《あが》り、三人は牌を崩した。

確かに一度だけ56秒台を出したことはあるのだが、それは短水（25メートルプール）

でのことなので正式なものではない。

「今度の記録会、50メートルのラップで6秒切ればなぁ」

牌を交ぜながら呟いた拓次の声は妙に無防備で、それに気づいた本人も、すぐにボクらから視線を逸らした。

「行きたかなぁ」

「ああ、聖マリに勝って」

「優勝したかなぁ」

互いに目を逸らしたまま、ボクらは物言わぬ麻雀牌に呟いていた。誰でもいい、四人のうち誰かの頭を割ってみれば、中には陽に輝くプールがあって、ボクらが必死に泳いでいるはずだ。今度の県大会で優勝し、全国大会にとにかく行きたい。ボクらの教科書は自分のタイムを計算した落書きで一杯だし、髪の毛はカルキの匂いがする。そしてボクらの心は、いつもプールの水で水浸しなのだ。

「ちょ、ちょっと待って、あれ？　これ和了っとる」

再び、配り終えたばかりの牌を並べかえながら、拓次が首を傾げていた。

「どら？　どら？」

牌を覗き込むと、拓次は牌を倒して見せた。

「たしかこういうのを、天和《テンホー》って言うとやろ？」

「…………」

確かに拓次はもう和了っていた。

時々思うことがある。もしかすると今のボクたちは、絶景の中を通っているのも知らずに、連れとの会話に夢中になっている旅行者のようなもので、どれほど美しい景色の中に今の自分たちがいるのか分かっていないのかもしれない。でも、旅行なんてどこへ行くかより、誰と行くかの方が大切なことじゃないだろうか。

ちょうど半チャンが終わった頃、圭一郎の母親が部屋へ上がり込んできた。手に持ったお盆には、丸々一個を四人分に切った西瓜がのっていた。

「あらぁ、男臭い部屋ねぇ。あんたらTシャツくらい着らんね。揃いも揃ってパンツ一枚で麻雀することもないやろ」

「あっ、おばさん。こんばんは！」

拓次がニコニコしながら、お盆を受け取った。拓次はいつも愛想だけはいい。

「おばさん、若い男の裸に囲まれてドキドキするやろ？」

そう言ってからかう浩介の言葉に、

「馬鹿ねぇ、子供の裸なんかにドキドキするわけないやろ」とおばさんは答えたが、その響きには少しだけ恥じらいが混じっているように思えた。

「だって、俺らもう十七歳ばい。もう充分大人やろ?」

「十七なんてまだまだ子供よ。あんたら四人がかりでも、おばさんには物足りん」

「四人がかりでも物足りん? まあ、俺以外は女の手も握ったことのない野郎ばかりやけん、仕方ないか!」

「浩介君はあるとね?」

「もちろん!」

「それじゃ、他の人はおばさんが一から教えてやらんといけんねぇ」

一生懸命浩介の猥談《わいだん》につきあっているおばさんの顔が、少しつらそうに見えた。

「一から教える? そんな過激なこと言うたら、凌雲が鼻血だすよ」

「あら、凌ちゃんはそんなに純情かとね?」

「違う、違う! 凌雲はねぇ」

「や、やめろ」

「凌雲はおばさんのファンやけん。毎晩おばさんのことを考えながら……」

「うわっ、やめろ! 浩介!」

ボクは浩介の体に飛びつき、必死に口を押さえた。隣にいた拓次が西瓜を吹き出していた。

おばさんは圭一郎を二十歳の時に産んだらしく、まだ四十歳にもなっていない。そんなおばさんの笑顔は、雨に濡れた教会のように、どことなく哀しい。

「早う、出ていけさ！」

ボクと浩介の乱闘を、楽しそうに眺めていたおばさんに、圭一郎が冷たく言い放った。

「圭一郎！ お前、凌雲がおばさんと会うのをどれほど楽しみにしとるか、分かっとらんなぁ。せっかくの凌雲の楽しいひとときをお前は奪う気や？」

浩介は首を絞められながらも、そう言って笑った。

「はい、はい、すぐに出ていくけん。ところでみんな泊まっていくとやろ？ 寝る時くらいはクーラーつけなさいよ」

「クーラーは使えん！」

ボクらは口を揃えて叫んだ。

「ああ、そうかそうか。クーラーに当たったら、体が鈍くなってタイムが落ちるとやったねぇ」

おばさんは呆《あき》れ顔でそう言って、エプロンをほどきながら出て行った。

クーラー如きで大袈裟だと思うかもしれないが、ボクらはこういうストイックな生活をけっこう気に入っている。

夜の十一時にもなると、体中の筋肉が痺《しび》れるような眠気に襲われる。毎日毎日一万メートルも泳いでいるのだから仕方がない。ボクたちは手際よく麻雀卓を片付け、部屋一杯に布団を敷いた。

さっさと圭一郎が電気を消してしまい、急に真っ暗になった部屋の中で、ボクらは慌てて布団に飛び込んだ。開けっ放しの窓の外から、また夏虫の声が聞こえた。

電気を消してまだ一分も経っていないのに、拓次が寝息をたて始めた。

「悩みのない人間ってよかなぁ」

そう呟いた浩介の声が、ボクと圭一郎の疲れた体にじわっと効いて、腹を抱えて笑ってしまった。

「どうやったら一分で眠れるとやろ? ムカつくほど羨《うらや》ましかけんなぁ」

「ほんと、なんかムカつくなぁ。落書きしてやろうか?」

ボクらは飛び起き、再び電気をつけた。そして無防備な拓次の体を囲み、パンツを脱がすと、黒いマジックで色をつけてやった。寝ているにも拘《かか》わらず拓次のは次第に大きくなって、ボクらは息が吸えなくなるほど笑いを堪《こら》えた。白んだ蛍光灯の下、拓次の裸体は無残だった。真っ黒になった拓次のを置き去りにしたまま、何事もなかったように電気を消したのだが、再び笑いがぶり返し、たぶん十分以上笑い続けていたと思う。気がつくと、いつの間にか浩介の笑い声が、色気のある寝息へと変わっていた。

「圭一郎、まだ起きとるや？」

暗闇の中でボクは、一人ベッドに寝ている圭一郎に声をかけた。

「ああ、起きとるぞ」

「二、三日前にな、藤森さんが俺の教室に来てな」

「……藤森が？」

「ああ、そいで、なんかお前のことで……」

「相談された？」

「あ、ああ……うん」

相談といっても大したものではなかった。ボクにとってはあの藤森さんがわざわざボクに会うために教室まで一人で来たということの方が大事件だった。教室で呼び出されて、「ちょっと相談があるとけど……」と言われた時、ボクは嵐の海に浮き輪を取りにいく覚悟さえしていた。

「でもさぁ、誰もかれもお前に相談にいくなぁ。水泳部の奴らも、クラスの奴らも、おまけに今度は俺の彼女まで、凌雲に相談に行くとやもんなぁ」

「そ、相談っていうほど大袈裟なもんでもなかったけどな。ただ……」

「ただ？」

「うん……ただ、お前さぁ、藤森さんの他に好きな女でもおるとや？」

暗闇の中、圭一郎が作った沈黙はやけに長く深かった。

「……」

「藤森さん、お前が本当に自分のことを好きかどうか、悩んどるようやったぞ」

「凌、お前さぁ、女にも性欲があるって知っとった？　俺は知らんやった。今までずっと男が追う者で女は逃げる者だとばっかり思うとった」

「ど、どういう意味や？　ま、まさか！　あの藤森さんが……」

「たぶん、藤森の不満はそこやろ。俺が手を出そうとせんけん」

「……」

ボクはあの藤森さんが圭一郎の前で制服のボタンを外し乳房を露《あらわ》にして、「ねぇ、しようよぉ」と囁《ささや》く情景を思い描いてしまい、慌てて首を振った。

「お、俺にはよう分からん」

「たまになぁ、浩介のことが羨《うらや》ましゅう思えることがある。浩介のようになれたらなぁって」

「ば、ばってん。確かに浩介は……。でもほら、浩介が相手にする女と藤森さんじゃ、全然種類が違うやろ？　浩介が相手にする女は、あと腐れのない女子大生とか、あと時江とか。時江なんて誰とでも寝るぞ！　そんな女ばっかりやろ。でも藤森さんは……」

「な、なんや？　そう熱うなるなさ。凌、お前もしかして……」

「ち、違う！　ただ、信じられんだけ。だって藤森さんって……」

「女なんて誰でも一緒かもしれんぞ。なんか、したがる女って、不潔に見えんや？」

そのとき、圭一郎の声に重なるように、寝返りを打った浩介の頭が机の脚に当たり、ゴッという鈍い音がして、ボクも圭一郎も黙り込んでしまった。制服を脱ぐ藤森さんの姿が頭から離れず、気が狂いそうになるくらい悶々とした空想に悩まされていた。黙り込んだボクらの横で、拓次と浩介の寝息が重なっていた。

「なあ、淩！　四人で全国大会行けるかなぁ？　行きたかなぁ。拓次がバックで自己ベスト出してさ、三位くらいで戻ってきて、俺がブレストで絶対に聖マリの選手に離されんようにする。それで浩介がバッタで聖マリの選手に追いつく、浩介なら追いつけるやろ？　淩雲、お前絶対に、フリーで田島に勝てよ！　そうすれば四人で全国大会に行けるもんなぁ。なんか最近寝ようと思って、布団に入るやろ、そうしたら毎晩のように、そんな想像ばっかりしてさぁ。ほんと、そんなことばっかり考えとる。浩介が泳いでくる姿とか、拓次がターンする姿とか、淩雲がゴールする姿とか。毎晩、毎晩……」

圭一郎の話を聞きながら、ボクは藤森さんの淫《みだ》らな姿態から解放されていた。心の中で、「毎晩同じことを考えてるのは、お前だけじゃない」と呟き、枕に染み込むように眠ってしまった。

3

翌朝、ボクたちは油蟬《あぶらぜみ》の声で目が覚めた。街を囲む山の中から何匹もの蟬の声が、地鳴りのように枕を揺らしていた。

「腹へったなぁ」起きぬけの一言が、毎朝決まってこうだった。

ボクらはパンツ一枚で台所へおり、朝めしの準備をしてくれているおばさんに「おはよう」と声をかけた。

「あら、おはよう。みんな今朝は起こしてやらんでも、起きれたようねぇ」

「だってさぁ、蟬の声がうるそうして、寝とられん」

「夏やもん、仕方ないよ。それに蟬が鳴かん夏なんて、味気ないやろ?」

パンツ一枚でテーブルに着くとき、まだ完全に鎮《しず》まっていない朝立ちが少し気になった。同じことが気になっていたのか、パンツの中を覗きこんだ拓次が、昨夜の落書きを発見して、風呂場へと駆け込んでいった。

「あら、拓次君、どうしたと?」

慌てて声をかけるおばさんに、朝から低俗な浩介が、

「生理でも始まったとやろ」と笑って応えた。おばさんは何を勘違いしたのか、

「圭一郎! 新しいパンツを貸してやらんね!」と言った。おばさんの勘違いを笑いな

がら、こんなに朝が似合うおばさんでも、いろいろなことを知っているのだなぁと思うと少し気分が沈んだ。

黙々と朝めしを詰め込むボクらを、おばさんは流し台に寄りかかってじっと見つめていた。

「ほんと、あんたらは美味しそうに食べるねぇ。そんなに美味しそうな顔で食べてくれたら、おばさんも食べさせがいがあるよ」

「だって、ほんとに旨かもん。はい、お代り!」

拓次と浩介が差し出した茶碗に、炊き立ての御飯をよそいながら、おばさんは嬉しそうに、朝から三杯も食べるもんねぇ、と呆れていた。

「おばさんはもう、朝めし喰うたと?」

「いや、まだやけど、もう見とるだけでお腹一杯よ」

「よかなぁ、見とるだけで腹一杯になれるなんて。俺なんか喰うても喰うても腹の減る」

「そりゃ、そうさ。あんたらの仕事は食べることやもん。あんたらの唯一の仕事よ。怠けたらいかん」

「俺たちは喰うのが仕事で、おばさんは作るのが仕事!」

「そうよ。だっておばさんは一日中、他には何もせんもん。今度は晩御飯に何を食べさせようかなぁって考えて一日過ごすだけやもん。毎日毎日そうよ。もう何年も何十年もそうよ」

宙に浮いたままになったおばさんの溜め息から逃れるように、ボクらは礼を言って席を立った。並んで歯を磨き、そしてもうすっかり厳しくなっている夏の朝の中へと飛び出した。

「いってきます」

「はい、いってらっしゃい。がんばって泳いできなさいよ」

台所から叫ぶおばさんの声が、街中を包んでいる油蟬の声と溶け合っていた。学校へと向かう急な坂道を、競うように駆け上がった。丘を上りきると、澄み切った夏空が広がり、雄大雲が一つ、そこにじぃっと浮かんでいた。

4

「早う、みんな整列しろ!」

プールサイドで子供のように駆け回っている下級生たちに、ボクは声をかけた。女子キャプテンの京子が、練習メニューを書いたボードを持って横に並ぶ。

「凌雲たち、昨夜も圭一郎の家に泊まったとってねぇ? おばさんも迷惑やろうねぇ、汚い男、四人も世話してさ」

「誰が汚い男や？　そんなことばっかり言いよったら、抱きつくぞ」

京子は大袈裟に笑いながら、まだ集まろうとしない女子部員たちに、

「早う、着替えて出ておいでよ」と声をかけた。

金網の向こうを走っているサッカー部の中で、北島がこちらに手を振っているのが見える。ゴツゴツと地面に響くスパイクシューズの音がグランドの方へ遠ざかって行く。

いつの間にかボクと京子の前には、部員たちが整列していた。

「よし！　あと一週間で、夏休みも終わるけん。明後日、記録会をするぞ！」

そう告げると、一斉にエーッというブーイングが起こった。水泳部は男女合わせて三十人あまりしかいない。それでもその三十人に声を揃えられると、さすがに一瞬怯《ひる》んでしまう。ボクが選ばれた時点で、キャプテンの威厳なんて失墜してしまっているのが現状だ。

「全種目ですか？」

「自分の専門だけでいいとやろ？」

次々に浴びせかけられる質問に、ボクは不本意ながらたじたじとなった。

「やめるや？」

弱気になって、隣の京子に呟くと、キッと睨んだ彼女が、

「あんたらも、たかが記録会くらいで騒がんよ、まったく。2、3秒自己記録縮めるっ

もりで気合い入れんねっ！」と部員たちを叱りつけた。

京子の剣幕に、横で微笑みながら頷《うなず》くしかなかった。

「ほら、ほら、京子を怒らせるなよぉ、あとが恐ろしかぞ！　と、に、か、く、記録会は自分の専門種目だけでよかけん。京子が言ったように、絶対自己ベスト出すように泳げ！　分かったや？」

「はーい」

雲がアクビしているような返事が返ってきた。

実際、ボクは威厳のないキャプテンだと思う。しかしそんなボクの性格のせいで、今年の水泳部ほど、仲がよく、和気藹々《わきあいあい》とした雰囲気は近年にない。去年までが異常なほどの体育会系ノリで、先輩に対してわざとらしい返事をするときなんか、自分でやっていて恥ずかしくなることがあった。年功序列？　シゴキ？　おまけに我慢？　聞くだけで気持ちが悪い。気持ちが悪いというのは恥ずかしいという意味だ。それに残念ながらそれほど必要なものとも思えない。とにかくボクがキャプテンになり、浩介が副キャプテンになると、水泳部の雰囲気は一変したが、ボクはそれでいいと思っている。いや、それがいいのだと思っている。

通常の練習では、各コースに四、五人の部員たちが入り、コースごとに違ったメニューをこなす。いつものように京子と二人でプールサイドに立ち、みんなの泳ぐコース割をしていると、一年生の省吾《しょうご》が走ってきて、いきなりボクらの背中を押した。悲鳴をあげた京子もろとも、抱き合うようにプールに落ちた。一年生が三年生の背中を押すような朗《ほが》らかなクラブなのだ。

真夏の陽を浴び、きらきらと輝いているプールに激しい水飛沫《みずしぶき》を上げたボクらを、プールサイドに立ったみんなが、大声で笑っていた。みんなの笑い声は、水面に跳ね返り、きらきらしたままボクらの耳に届いた。

「省吾ッ！」

青空を突き刺すような京子の叫び声が、水面を揺らした。濡れた髪を振りながら、

「みんな省吾を捕まえて！」と京子が怒鳴る。

みんなは一斉に省吾を追い回し、手を掴み、足を掴んで、揺り籠のように何度も振られた省吾の体は、真夏の太陽に重なるほど高く投げ飛ばされ、そのまま空から落ちてきた。

省吾のあとを追うようにみんながプールに飛び込んでくる。あちらこちらで歓声と飛沫が上がる。

ボクらは各自のコースに入り、300メートルのアップから始めた。プールには7コ

ースあり、簡単に言ってしまえば、1コースから速い者順に7コースまで分けられる。

1コースはボクを含め、ほとんどフリーを専門とする選手で、75秒サイクルで、100×10を泳げる者からなっている。メンバーは三年ではボクと浩介。二年の原田と大西。そして唯一女子で京子。彼女は決して速い選手ではなく、いつも遅れをとるのだが、本人に言わせると、「私は凌雲に活を入れるために、このコースで泳いでいる」のだそうだ。

確かに、少しでもボクのラップタイムが落ちてくると、どんなに息を切らしていようが、肩や胸を力一杯つねってくる。もしかするとこの痛みのお陰で、ボクのタイムはここまで伸びたのかもしれない。

多少の違いこそあれ、夏休み中の練習はほとんど同じ内容だ。なんで毎日毎日プールの中を行ったり来たり、こんなに泳いでいるのだろうかと思うこともあるが、この過酷なメニューをこなし、練習が終わったときの解放感を一度味わってしまうと、その快感が忘れられず、また次の日も同じことをやってしまう。毎晩一人でやっているあれと同じ原理だ。

5

「凌雲！　キックが動いとらんよ！」

SFの最中、京子の罵声を浴びた。SFというのは、SLOW&FASTの略で、1

00メートルをゆっくり泳いだり速く泳いだりする、一番たるみやすい練習だ。後ろを泳いでいる京子が、さっきから何度もボクの足の裏を叩いているのは知っていた。泳ぎながらそんなことができる女なんて京子くらいしかいない。

「私に追いつかれてどうする？　何か他のこと考えとるやろ？　真剣に泳げ！」

「凌が泳ぎながら考えることなんて、女の裸のことくらいしかないやろ！　ははは っ」

京子の叱責に浩介が応えた。

「凌雲先輩、むっつりスケベやけんなぁ」

二年の原田がそう言い残して、水の中へ体を沈めた。壁を蹴り水中を進む原田の体が、透明な水の中をすばやく動いていく。ボクは京子に言い訳する暇もなく、たった15秒の休憩を終え、また壁を蹴り泳ぎ出す。

実際、京子の勘は当たっていたのだ。そのときボクは藤森さんのことを考えながら泳いでいた。昨夜、圭一郎から聞いたセックスをしたがる藤森さんの幻影が、プールにまでついてきていて、「ねぇ、しようよぉ」と囁く声が、濡れた耳をくすぐり、こんなに激しく体を動かしているにも拘らず、ボクのはMサイズの水着を、今にも飛び出しそうになっていたのだ。まったく場所をわきまえるということを知らない。

ＳＦが終わり、みんながキックボードを取りに上がったとき、プールの中で何気なく京子に聞いてみた。

「なぁ、京子？　女も毎晩セックスしたくなったりするもんやろか？」

「いやねぇ、そんなことは浩介に聞かんね！　私より浩介の方が、女の気持ちには詳しかとやけん。自分のことと水泳部のスタンダールって言いよるくらいよ」

「だって、お前も一応は、女やろ？」

「あたりまえやろ！　ここで証拠みせようか？」

「やめてくれろ！」

「はははは、はっ」

夏雲にも劣らぬ豪快さをみせた京子の笑いは、女に対する理想を、別の意味で救ってくれた。

キックが終わり、5千メートルを泳ぎ終えたころになると、次第に口数も減ってくる。

二年の原田や大西などは肩で息をしていて、浩介の冗談に笑う元気も残っていない。

ボクたちは本当に毎日毎日、こうやって息も出来ぬほど苦しんでいるのだが、それはそれで、ストイックなボクらにはうってつけの自己耽溺《たんでき》タイムでもある。

すでに正午を廻り、真夏の太陽も容赦なく降り注いでくると、プールの水は阿鼻《あび》地獄の熱湯のようになってくる。プールの中でも、汗は垂れるほど出る。練習量の少ないコースの者たちが泳ぎ終わり、最後の力を振り絞ってプールから体を引き摺《ず》りだし始めた。

ボクは下級生たちに部室を掃除するように言いつけ、練習を続けた。

もう肩も上がらない。少しでも足に力を入れようとすると、つりそうになる。今にも口から心臓が飛び出し、陽を浴びた水底に沈むのではないかとさえ思う。

砂浜に打ち上げられる漂流者のように、最後の100メートルを泳ぎ終え、水面に疲れ切った体を浮かべると、顔のすぐ上に太陽があった。白い雲に息を吐きかけ、青い空から空気を吸い込む。浮かべた体に力が蘇ってくる。

「凌雲先輩！　今日も少し残っていいですか？」

プールサイドから省吾が声をかけてきた。さっきボクと京子をプールに落とした一年生だ。浮いたまま少し体の向きをかえると、省吾の胸で太陽が反射していた。

「あ、ああよかぞ。また息継ぎの練習や？」

「はい」

「よし！　俺も残って特訓してやる！」

「えっ、ほんと？」

「ああ」

着替えを済ませたみんなが、濡れた髪のままプールを出ていくのを飛び込んできた省吾と二人で、見送った。

「凌雲先輩、あのさぁ、俺、本当に100メートル泳げるようになるやろか？」

「どうして？」

「だってさぁ、入部してもう五ヵ月やろ、でもまだ……」

「入部したときは、お前1メートルも泳げんやったろ？　今は？」

「一応、25メートルは泳げるようになったけど……まだ息継ぎができん」

「ははは、息継ぎなしで25メートル泳ぐ方が俺には難しいと思うけどなぁ」

「また、馬鹿にする！　でも、最近は本当に水泳部に入ってよかったって思うとる。最初は、泳げない者が水泳部に入部して、笑われるやろうなって思っとったけど……」

「笑うもんや。だって水泳部の中で泳げない人間なんて貴重な存在ぞ。ははは」

「やっぱり馬鹿にしとる。言わんならよかった」

プールサイドに上がり、省吾に息継ぎの仕方を教えた。一回、二回ならできるのだが、どう見ても溺《おぼ》れているようにしか見えない。

だけど、溺れている者の目が、どれほど真剣なものか分かるだろうか？　ボクは心から省吾に100メートル泳げるようになって欲しい。

「もっと力抜け！　ゆっくりでよかぞ、お前ちょっと顔を上げすぎ」

「だ、だって、そんなこと言われても……ゲホッ」

「ところで省吾。お前一人でよく映画を見に行くらしかなぁ？」

「……ゲホッゲホッ……う、うん行くけど……」

「今まで見た映画で一番おもしろかった映画は何やった?」

「い、今、それどころじゃないやろ!」

「す、すまん」

いい加減に教えているつもりはなかった。ただなんとなく、照れ臭かっただけだ。泳げない後輩に、残ってまで指導している先輩という、自分の立場が妙にこそばゆくて恥ずかしかっただけだ。

「麻雀放浪記かなぁ」

省吾は一応、質問に答え、また泳ぎ始めた。

顔を大袈裟に上げなくなると、省吾の泳ぎも溺れているようには見えない。それでもまだ続けて三回呼吸をすると、手足の動きはバランスを失い、前に進んでいるのか、後ろに下がっているのか分からなくなる。

「お前さぁ、麻雀できるなら、今度一緒にせんや?」

「う、うん。よかけど……それより俺の泳ぎ方変じゃない?」

「ぜんぜん」

「明後日の記録会で、どうにか100メートル泳ぎたかぁ。無理かなぁ」

「さあな、俺の知ったことじゃないしなぁ」

省吾とボクは、誰もいないプールで練習を続けた。

6

記録会の前日、練習は休みになった。ボクは朝から家でこき使われていた。ボクの家は酒屋を営んでおり、休みともなると、朝から自動販売機の補充や、倉庫内の整理やらで、ビールケースを何十個も上げ下ろししなければならない。

十六歳の誕生日、父はプレゼントをくれた。それは、その年齢の男なら誰だって喉から手が出るほど欲しがるバイクだったのだが、父がプレゼントしてくれたバイクは、後ろに荷台のついた50 ccのカブだった。

その日からバイクに乗って配達させられている。しかし、こう言うのも変だが、その荷台つきのバイクに乗った、格好悪いはずの自分の姿を、ボクはそれほど嫌いではない。荷台に積み上げたビールケースを片手で押さえながら、急カーブを曲がる時など、鳥肌が立つほどの喜びを感じたりもする。時々、配達先のお得意さんから「若い頃のお父さんにそっくりねぇ」などと言われることがある。ビールケースを肩に担いだ、若かりし日の父の姿を思いながら、ボクは急な坂道を駆け上がる。十七歳のボクはもう、思っていたほど父が強い男でもなく、思っていたほど母が美しい女でもないことは知っている。だが十七歳のボクはまだ、自分が強くなっているのだという実感も、母より美しい女を捜しだす自信もない。

とにかく、ビールの重みに震える上腕二頭筋を、ボクはけっこう気に入っている。

この日もすでに朝から二、三軒の配達を済ませていた。店の奥で親父と向かい合って昼飯を喰っていると、浩介が息を切らしてやってきた。浩介が穿《は》いている破れたジーンズを見た親父が、

「何か！　お前のジーパンは？　ちゃんと母ちゃんに縫うてもらえ！」と笑った。

「おじちゃん、これが流行よ。遅れとるねぇ」

「何が流行か！　馬鹿タレ、それよりちょうどよかとこに来た。女のケツばっかり追いかけとらんで、店の手伝いしていけ！」

「よかけど、バイト代はずんでよ」

「馬鹿！　お前のごたる半人前はただ働きさ」

「うっ、むごすぎる」

そのとき、浩介の声を聞きつけた母が、慌てて部屋へ上がり込んできた。今日は珍しく体の調子が良さそうで、朝から店に立っていたのだ。

「あらぁ、やっと帰って来た。昨夜はどこに行っとったとね？　昼御飯はまだやろ？　ほら、すぐ食べなさい！」

「あっ、はい」

浩介は素直に返事をしてくれた。母が浩介のことを、ボクの兄、雄大《ゆうだい》と勘違いしている ことは、その場にいる誰もが知っていた。ボクも親父も、浩介の演技に甘えるしかなかった。少しでも母の幻覚を否定すれば泣き叫ぶ母がどうなるか、もう何度となく見ていたのだから。兄雄大がバイクの事故で半年前に死んで以来、母は少しおかしくなっていた。最初は冗談だと思った。ボクやボクの友達を兄の名前で呼ぶ母を、悪い冗談だと思った。でも世の中には、純粋な冗談などありはしないのだ。

「ほら凌雲、兄ちゃんに御飯をついであげなさい！」

母の声を聞きながら、息が詰まりそうだった。親父もなす術《すべ》がなく、下を向いたまま焼魚の骨を一心にとるふりをしている。

「いや、自分でつぐよ」

訳を知っている浩介は、怯えるように微笑みながらも、暫《しばら》くの間、兄雄大のふりをしてくれた。

「今夜はどこにも行かんとやろ？　晩御飯は何がいいね？」

と嬉しそうに聞く母に、浩介は「肉でも焼いてよ」と答えてくれ、母は安心したように店へ戻った。

「すまんなぁ、浩介」

と言うボクに、浩介は「まだ半年やもんなぁ」と慰《なぐさ》めてくれた。

親父は荒々しくお茶を飲んで席を立った。突然兄が死んで、悲しんでいるのはなにも母だけではない。親父だって、もちろんこのボクだって……。母の様子がおかしいと判ったとき、親父は言った。

「女の悲しみ方と男の悲しみ方は違う。お母さんが雄大の分まで晩飯を作ったら、お前が喰ってやれ。何も言わずにお前が二人分喰ってやれ」

7

坂段の多いボクの街では、バイクで配達できない家が結構ある。ボクと浩介は互いにビールケースを担いで、長い坂段を黙々と登っていた。

「なぁ、凌? お前さあ、もしもな、もしもお前の親友がホモやったらどうする?」

後ろを歩いていた浩介の言葉に立ち止まり、肩に担いでいたビールを落としそうになった。浩介が慌ててそれを片手で押さえ、険しい顔で睨んでいるボクに、

「ち、違う! 勘違いするな! 俺じゃない、俺じゃないぞ」

と激しく首を横に振った。その拍子に今度は浩介のビールケースが肩から落ちそうになり、慌ててボクが片手を添えた。八景町へと続く長い坂段の途中で、互いのビールケースを押さえた、変な格好のまま、厭な沈黙が続いた。

「絶対、絶対に誰にも言うなよ! 圭一郎の名誉に……」

「け、圭一郎？」

「い、いや。あ、あの、落ち着け！」

素《す》っ頓狂《とんきょう》なボクの声に、浩介が狼狽《うろた》えた。

「お、お前の方が、落ち着け！」とボクも狼狽えた。

「と、とにかくその先の家やけん。先に配達してから話は聞く」

そう言って、浩介を残したまま一人坂段を上がり始めた。

「ちょっ、ちょっと待てさぁ」と叫び、後ろをついてくる浩介の声を聞きながら、額を流れる汗さえ拭こうとしなかった。

「それで、どういうことや？　圭一郎が、その、ホモっていうとは？」

ボクと浩介は、夏日を浴びた長い坂段の途中に腰を下ろし、眼下に広がる鶴の港を眺めていた。

「もしかしたら、圭一郎も、気が動転しとっただけかもしれん」

「だ、だって、考えてみろ！　圭一郎には藤森さんっていう彼女も……」

浩介の話を早速遮《さえぎ》ってはみたものの、すぐにあのことを思い出して言葉を詰まらせてしまった。圭一郎は……藤森さんに……手を出そうとしない。

「まあ、聞けさ。昨日な、また圭一郎の家に泊まりに行って、そうしたらな、びっくりするなよ。圭一郎のおばさんが、あのおばさんが家出したって言うやっか」

「お、おばさんが……家出？」

ボクにはもう何が何だか、脳味噌が夏日にグツグツ煮られているような気がした。

「うん。あのおばさんが急に家出したって。まあ、おばさんの家出と、圭一郎のこととは直接関係ないとけどな」

「関係ないって？　じゃ、何で、おばさんは家出したとや？」

「そこまで知るか！　ただ夜になって圭一郎が急に、酒でも飲もうか、って」

「さ、酒ってお前……」

「いや、ほら、圭一郎も落ち込んどるようやったし」

浩介の話はなかなか要領を得ず、だらだらと長いものになった。簡単に説明すれば、酒に酔った圭一郎が、浩介に抱きついてきたらしいのだ。まぁ、酒も入っていたので、浩介もそのままにしていたらしいのだが……。

「でもなぁ、その時なぁ、圭一郎のがどうも勃起しとるようで、ちょっと気持ち悪かったとけど……」

「で？　なんや、たったのそれだけのことや？」

「いや、まだ続きがあるとさ」

浩介と圭一郎は抱き合ったまま、眠ってしまったらしい。こいつらは本物の馬鹿だ！

夜中に浩介が目を覚ますと、圭一郎が浩介にキスしていて、浩介は目を開けるのが怖くてされるがまま、寝た振りをしていたのが災《わざわ》いしたのか、圭一郎が浩介のパンツに手を……。目の前にある浩介の浅黒い頬と、真っ赤な唇がその夜のことを鮮明に描いて、ボクは言葉を失った。

「で、でな。もうこれ以上はご勘弁って、そのまま逃げ出してきた」

浩介は喜劇を悲劇だと勘違いしているらしく、眉間《みけん》に寄せた皺は滑稽を通り越して確かに悲劇であった。

「それって、圭一郎の冗談じゃないや？　俺にはそうとしか思えん」

「で、でもな、あの時の圭一郎の表情を見たら、お前も本当に驚くぞ」

話を聞いてしまうと、すっかり落ち着いた。

練習で体がひどく疲れている夜なんか、どうしようもなくムラムラと身悶えることがある。どう表現すればいいのか分からないが、体中の皮膚がひどく敏感になっていて、窓から吹き込む夜風にもくすぐったいような、自分の体を何度も壁にぶつけたいような、とにかく悶々として息を吐くのももどかしいのだ。そんな夜は、立て続けに二回ぐらい射精したって、どうにもならない。蛍光灯の中に迷い込んでしまった虫と一緒だ。なのに、パンツの中ではせがむようにトンマが勃起しているから、仕方なく裸になって、襖《ふすま》に挟んでみたり、カーテンを体に巻きつけてみたりする。とにかく、自分の手ではない何かに、触れたくて、触れられたくて仕方がないのだ。もしも壁に穴があって、そこへ突っ込めば必ず誰かが握ってくれるなら、幼稚園の壁だろうが養老院の壁だろうが、ボクは迷わず突っ込むだろう。たぶん圭一郎も、そんな夜だったに違いない。歩き出したボクは、圭一郎と浩介の醜行を思い描く代わりに、おばさんのことを考えていた。どうしてあのおばさんが家出なんかしたのか、その原因がまったく分からなかった。自分勝手に考えれば考えるほど、知らない男の背中と、乱れたおばさんの髪が脳裏に浮かんだ。

8

翌朝、記録会の当日。結局、圭一郎は練習に来なかった。浩介は、どうしたんだろう？と目で訴えかけてきたが、ボクは気がつかぬ振りをした。

「じゃぁ、記録会始めるぞ！ 三人ずつ組んで泳がせるけん、適当に組を作れ！ できれば同じ種目の者同士で」

ストップウォッチを片手にプールサイドに立った。記録表を持った京子が隣に立ち、記録係以外の部員たちは各々メガフォンを持って、応援しやすい場所に移る。たかが記録会といえども、雰囲気は盛り上がる。口では記録なんて計りたくない、と愚痴を溢《こぼ》してはいても、いざスタート台に立つと、不安と期待とに潤《うる》んだ目で、縋《すが》るようにボクや京子を見つめてくる者もいる。

最初にスタート台に並んだのは、百米バタフライの女子部員たちで、中でも一番緊張しているように見えるのが、二年生の美穂だ。中学では大会新記録を出すなど、華々しい成績を飾ってきたにも拘らず、高校になってからはぱったりと記録が伸びなくなってしまった。浩介に言わせると、「美穂は胸が大きくなりすぎた」らしい。

スタート台に立ち、緊張と筋肉をほぐすために、腕や足を振り回していた美穂が、今にも泣きそうな顔で、こっちを見た。京子は睨《にら》むように、そしてボクは微笑むように、そんな美穂に頷《うなず》いてやった。美穂も歯を食いしばるように頷き返し、そしてスタートの姿勢をとった。

「用意！　スタート！」

美穂を始め、同じ組のみんながいいスタートを切ったように見えた。部員たちの声援が、美穂たちの腕のひとかき毎に高まってゆく。50メートルのラップで美穂は自己ベストを上回ったらしい。スタート台の横に座り、ラップタイムを取っていた浩介が、ターンし終えた美穂に、

「よし、30切ったぞ！　切ったぞ！」と叫んでいる。

横に立っている京子も、記録表を振り回して雄叫《おたけ》びを上げていた。

結局、美穂は自己ベストを出した。浩介からそのタイムを聞いた美穂は、プールの中

で泣き出してしまった。一向に縮まないタイムに、美穂は何度も退部するといって京子に相談を持ちかけ、それでも京子に励まされ、一日も休まず練習に来た。そして、たった今、たったの、たったの、0・4秒だけ縮んだ自分のタイムに、涙を流しているのだ。ボクはそんな美穂の涙を見ながら、漠然とだったが、「きっと、こういうことなんだろう」と思った。

美穂の快挙が引き金になったのか、今年最後の記録会は続々と自己ベストが出た。京子を含む中距離選手を残して、女子のほとんどが泳ぎ終わったころ、顧問の黒木先生がプールにやってきた。

「なんか、気持ち良さそうねぇ。水飛沫なんかピチャピチャ上げちゃって、私もたまには水着に着替えて泳ごうかしら」

「遊んでるわけじゃありません!」

黒木先生のいつもの調子に、京子が早速言い返す。

「冗談よ。こんな日に肌なんか出せるわけないじゃない。京子ちゃんみたいに頑丈な肌じゃないの」

英語教師の黒木先生は、クジを引き損ねて今年から水泳部の顧問になった。ほとんど練習に顔を出すことはないが、休日なんかの練習にだけ、ふらっと現れて、ホテルのプールサイドまがいのパラソルとデッキチェアーを出し、お気に入りのジンをソーダで割って飲む。ちなみに先生が飲むジンは、ボンベイサファイアというイギリスもので、ボクが家から持ってきてやる。

「ん？ 圭一郎、休んでるじゃない。どうしたの？ 珍しい」

記録表の圭一郎の欄には、×印がついていた。

「いえ、もしかしたら、あとで来るかもしれません」

ボクには変な予感があった。果たされぬ約束の予感でもあったが、この記録会に圭一郎が顔を出さないはずはないと信じていた。

「ところで凌ちゃん、ちょっと、話があるのよ」

先生は、京子をからかうように、わざと彼女の耳元で媚《こ》びた声を出し、ボクをみんなから少し離れた椰子《やし》の木の下まで連れていこうとした。京子が「早くしてよ」と睨んだ。

「また京子ちゃんを怒らせたかしら？」

「平気ですよ。先生みたいに馬鹿にしてくれる人がいないと、真面目なスポーツ少年少女としても、張り合いがないですから」

先生はボクの言葉には笑わず、

「凌ちゃんの担任から聞いたんだけど、なに、やっぱり大学行かないんだって？」と言った。

「はあ。そのつもりですけど……」

「行けるんだったら行けばいいじゃない。四年間、女の子と遊びまくんなさいよ。なに、でもあれなの、やっぱり……」

「いえ、母のことは関係ないです。ただ、酒屋を継ぎたいもんで」

そのとき、背中を向けていたプールの方から、ひときわ大きな歓声が上がった。振り返って見ると、25メートルしか泳げなかった省吾が、ちょうど50メートルのターンをしているところだった。

「あっ、先生！　省吾が、省吾が50メートル……」

死に物狂いでターンしようとしている省吾の元へ、ボクは駆け寄った。

「省吾！　ガンバレ！　あと、あと半分ぞ！」

口々にみんなが叫び声を上げていた。ボクたちは溺れているようにしか見えないフォームで泳ぐ省吾を見守り、プールサイドをついて歩いた。

省吾と一緒にスタートした者たちがそろそろゴールしようとしていた。省吾はとうとう75メートルのターンをした。

「よし！　あと25メートル」

心の中で、自分自身を落ち着かせるように呟いた。

暴れるように泳ぐ省吾の体の横に、太陽が映っていた。足掻《あが》くようなキックのあとには気泡が浮かび、その一つ一つが輝いていた。

ちょうど、プールの半分まできた。しかしひとかき毎に、手足のバランスが崩れていくのが分かる。苦しいのだろう、息を吸おうとする顔がだんだん空に向かっている。

「省吾！　あと半分ぞ！　泳げ！　最後まで泳げ！」

そのとき、呼吸をしようと水面からあげた顔の横で、運悪く水が高くなった。省吾の大きく開いた口に、キラキラと輝く水がどっと流れ込んだ。

あとたったの……10メートルだった。

大量の水を飲み込んだ省吾は、激しく咳き込みながら立ち上がった。プールサイドに響く湿っぽい省吾の咳を、みんなの溜め息と蟬の声が包んでいた。

9

結局この日の記録会では、ボクを始め、浩介も拓次も自己ベストとまではいかなかったが、まあまあ満足できるタイムが出た。

自分のことについて言えば、百米自由形を57秒10で、非常に満足できるタイムだ。しかし、聖マリの田島が、56秒台を出したことを考えると、そう単純に喜んでもいられない。

全員が記録を取り終わっても、圭一郎は現れなかった。

みんなが着替えている最中、ボクは水着のままで、プールにカルキを一つ一つ丁寧に投げていた。

部室の中から二年の原田が、

「湊さーん！　そんなことボクたちがしますよぉ」と叫ぶ声が聞こえたが、すぐにその奥から、

「湊雲はカルキ撒きが好きとやけん、邪魔《じゃま》したらいかん」

と笑う浩介たちの声が聞こえた。

確かに去年までなら、カルキ撒きなどの雑用は強制的に下級生の仕事だったのだが、ボクはこれがやりたいのだから仕方がない。

カルキを撒き終えて、倉庫に袋を置き、部室に戻ったときには、黒木先生以外は誰も残っていなかった。先生は部室に飾ってある歴代の水泳部の写真を眺めていた。そこにはボクの兄、雄大がキャプテンだった当時の写真も飾ってある。兄雄大は三年前の大会で、百米平泳ぎに出場し大会新を出して優勝している。ボクには自慢の、本当に自慢の兄で、兄がやることなら何から何まで真似をしていた。だからいま、こうして水泳部のキャプテンをやっているのだろうと思う。

「これ、湊ちゃんのお兄さんなんだってね」

「ええ。ぜんぜん似とらんでしょ？」

「うーん。お兄ちゃんの方が色っぽいみたい」

「もし生きとったら、今年で二十歳です」

「そうだってねぇ。……お母さんも辛かっただろうねぇ。ずっと入院してるって聞いたけど……」

「いえ、今は家に。ただ調子がいいときもあるんですけど。時々、ちょっと……まだ目が放せません」

「そう。まだ半年だもんねぇ。でもなんでバイクなんか……」

「……」

先生は壊れかけたパイプ椅子に座り、底に残ったジンを飲み干した。女子部員たちの灼《や》けた肌を見慣れているせいか、先生の白い肌が痛々しく見える。誰にも言ったことはないが、ボクは思案橋《しあんばし》の路上で男に縋《すが》りついて泣いている先生を見たことがある。日頃、ボクたちには、色気がないとか、あんたたちの前だと何を飲んでいても牛乳の味がする、とか言っているくせに、その夜先生が縋りついていた男は、お世辞にも色気のある男とは思えなかった。着ている背広は一回り小さかったし、休日には一日中パチンコ屋にいるような男に見えた。

「先生、休みの日まで、無理して練習を見に来んでもいいですよ」

「別に無理なんかしてないわよ。今日は職員会議があったし、それに、たまにはジャガイモたちを眺めながら、のんびりしたいじゃない」

先生が縋りついていた男の方がよほどジャガイモだと思う。先生は部室の裏窓を開けて煙草を吸い始めていた。

「先生。ちょっと失礼なこと言うてもよか？」

「あら、珍しい。何よ？」

「先生を見とるやろ、ほらプールサイドで酒なんか飲んどる先生を見とると、なんていうか、寂しそうに……いや、惨《みじ》めに見える時がある」

「……面と向かって、失礼ねぇ」

「いつもじゃなくて、たまにですよ……」

「惨めに見えるから何よ？」

「だけん……そういう時には、どうすればいいのかって……」

「誰が？」

「だけん、俺が」

部室の中を急に風が吹き抜けたように先生は笑い出した。

「可笑《おか》しいやろか？」

「ははは、ごめんごめん。でも、そうねぇ……ありがたいけど、凌ちゃんには無理よ。何もできないと思う。だからいつものように、プールの中を行ったり来たりしてくれればいいわ」

「……」

「水槽で飼ってる熱帯魚だって、寂しい女には役に立つことがあるし」

先生が職員室に戻り、一人更衣室で学生服に着替えていた。ガラス窓越しに、燦々《さんさん》と陽が降り注ぐプールが見えた。更衣室のコンクリの床は水浸しで、所々に青苔《あおごけ》が生えている。天井に張られたロープには、みんなのバスタオルや水着が干されてあって、強烈な水の匂いがした。

外に目を向けると、金網越しにプールを覗き込んでいる圭一郎の姿があった。たぶんみんなが帰り、ボクが一人になるのを知っていて、格技場の裏に隠れて待っていたのだろう。更衣室の中を、夏の風に乗ったカルキの匂いが吹き抜けていった。

結局、こういうことなのだ。今、自分が何秒で泳げるのか？　それが一番の気がかりであり、それがボクたちの存在自体なのだ。

「圭一郎！　そこで何ばしよっとや？　早う入って来い！」

更衣室の窓から叫んだ声が、小石のように水面を何度か跳ねて、圭一郎の耳に届いた。

圭一郎は照れ臭そうに俯《うつむ》いたまま、とぼとぼとプールサイドを歩いてきた。

「遅刻ぞ！」

「あ、ああ」

「すぐ着替えろ！　計ってやるけん」

「あ、ああ。あの、浩介が……何かお前に……」

「早う着替えろって」

圭一郎が言おうとしていることは分かった。でもボクは聞こうとせず、圭一郎を更衣室に残したまま、部室にストップウォッチを取りに行った。

軽く数百メートル泳いだ圭一郎が水から上がりスタート台に立つまで、ボクたちは一言も言葉を交わさなかった。スタート台に立った圭一郎が、

「浩介たちはどうやった？　自己ベスト出たや？」と聞いてきた。

「いや、二人とも、自己ベストは出らんやったけど、浩介は2秒台で泳いだし、拓次も5秒切ったぞ」

「そうか。で？　凌、お前は？」

「57秒10」

「みんな調子よかなぁ。よし俺も気合い入れてやらんとな」

「よかや？　いくぞ」

「ああ」

「用意！　スタート！」

圭一郎の専門種目ブレストは、飛び込んだあと深く水中に潜り込み「ひとかき、ひと蹴り」といって、手と足を一度だけ動かすことができる。平泳ぎという泳法は水面より

も潜って泳ぐ方が速く進むため、水中でのプルとキックは一度までと制限されている。

水中深く飛び込んだ圭一郎の体が、清流を泳ぐ魚のように滑らかに進んでいく。広々とした水面に、V模様の波紋が走る。

スタート台の横で、圭一郎の力泳を目で追っていると、まるで水底にできた自分の影と競争しているように見える。圭一郎はいま、自分の影と必死に戦っているのだ。

誰もいなくなったプールに、圭一郎が上げる水飛沫の音と、自分の心臓の鼓動と、そして悲鳴のような蟬の鳴き声が聞こえる。

ボクは力強くストップウォッチを押した。

「な、何秒やった？」

肩で息をしながら圭一郎が聞く。

「け、圭一郎！　や、やった！　でたぞ！　ほら！」

手のひらに握りしめたストップウォッチを、圭一郎に見せた。それを見た圭一郎は「よし、よし、よし」と荒い息のまま、何度も何度も頷いた。

圭一郎はなんと、自己ベストを1秒03も縮めていた。もしもこの記録が正式な長水プールで出せれば、圭一郎は兄雄大が出した大会記録を塗り替えることができるのだ。

圭一郎の快挙に、しばらく興奮が冷めやらなかった。互いに着替え終わって、プールサイドで靴下を穿く時まで、腕や腹を殴りあって喜びを分かちあっていた。

いつも思うのだが、練習が終わり、乾いたタオルで体を拭いて、さらさらした肌にシャツを着る。そしてスルッと滑らせるように靴を穿く。プールを出るときの自分ほど、清潔なものはないと思う。これから先ずっと、できれば死ぬまで、こんな感触を味わいながら生きていきたいと思う。

10

校門から続く長い石畳の坂道を、圭一郎と並んで帰るときも、まださっきの興奮が冷めてはいなかった。偽善的だと思われるかもしれないが、ボクは他人の喜びを自分のことのように喜ぶことができる。確かに一人だけ自己ベストを出した圭一郎に嫉妬するところがないと言ってしまえば嘘になるが、そんな吝嗇《りんしょく》な嫉妬に比べると何倍も何十倍も、圭一郎の快挙が心から嬉しかったりする。

自己分析は得意ではないが、たぶんこれも兄の影響だろうと思う。幼い頃から兄の喜びを自分のもののように勘違いして育ってきた。兄が出した記録は自分の記録であり、兄を好きになる人々は無条件にボクを好いていてくれると思い込んでいた。

子供の頃、兄はよく、一人だけ幼いボクのために「凌雲を仲間に入れんなら、俺もお前らとは遊ばん」と、絶対に弟を仲間はずれにすることを許さなかった。

兄、雄大はそんな男だった。

「お袋が家出したって、浩介から聞いたろ?」

「あ、ああ。聞いたけど、でも……」

「理由は俺にはよう分からんよ。ただ……」

「……」

「親父とうまくいっとらんような気がする」

「親父さんと? でもいつも楽しそうに笑いよったのに……」

地面を打つ圭一郎の革靴の音が、石畳の長い坂道に響いていた。照りつける午後の日差しに、二人の影が染みるほど濃く、石畳の上に並んでいる。

「なぁ、凌? お前、ジャン・コクトーって知っとるや? フランスの詩人で」

「名前だけなら」

「じゃ、それの『白書』って小説なんて読んだこともないやろ?」

「ああ、もちろんない」

「あのなぁ、その中になぁ、『もし父が喜びというものを体験していたら、私の不幸は避けられた。その方がお互い、どれほどよかったことだろう』って文があってな」

「うん。……で? ごめん、どういう意味かよう分からん」

「う、うん。親父のこと見てるとさぁ、時々……苦しくなるくらい自分と似てるなぁって思うことがあって」

「苦しくなるくらい？　でも父子やもん、当たり前やろ？」

「う、うん……まぁ、そうやけど……」

圭一郎の話は抽象的すぎて、全然理解できなかった。そのジャン・コクトーという詩人がどういう人なのか、その「白書」という本がどういう本なのか知っていて、父が体験しなかった『喜び』とは何か？『私の不幸』とは何か？が分かる人間だったら、落ち込んでいる圭一郎をどう扱っていいのか分かったはずだ。

圭一郎は黙り込んでしまった。

「なぁ、ところで藤森さんには、最近、連絡しよるとや？」

急に話を変えようとしたのが間違いだったようだ。圭一郎はボクの顔を、信じられぬといった様子で眺め、「いいや」と首を振った。結局、自分の言いたかったことは、全く伝わらなかったのだと言いたげに。

11

圭一郎と別れて家に戻ると、ビールケースで作ったベッドに拓次が寝ていた。

「休みの日に、俺の家に来たら配達させられるぞ！」

「ううっ、やっと帰って来たや？　待ちくたびれたぞ！」

拓次はボクの枕で涎《よだれ》を拭いた。失礼な奴だ。

「ところで来たや？　圭一郎を待っとったのやろ？」

「あ、ああ。来た来た」

「で、どうやった？」

「どうやったって何が？」

「何がって、タイムに決まっとるやろ！」

拓次の純粋な質問に、別のことを考えていたボクは、少し恥ずかしくなった。

「そうそう！　圭一郎、自己ベストだしたぞ！　1秒03も縮めたぞ！」

「マジや？　やるなぁ、圭一郎も。あいつが一番泳ぎ込みよったもんなぁ」

学生服を脱ぎ、配達しやすいようにジャージに着替えた。着替えながら、一人何も知らない拓次が、圭一郎を心配してここで待っていたのだと思うと、恥ずかしくて口に出せないくらい、拓次のことが好きになった。

「配達はどこまでや？」

「銅座まで。お前の母ちゃんの店の方やけん。乗せて行ってやろうか？」

「ああ……いや。店には行きとうない。最近、バーテンの男となんか……途中で降ろしてくれんや？」

「ああ、よかけど……」

拓次の母親は銅座でスナックをやっている。客が十人も入れば満席になるような小さな飲み屋だ。友達ということもあって、拓次の母親はうちの店に酒を注文してくれる。ときどき配達に行くと、厚化粧をした拓次の母が、若いバーテンの膝の上にのっている姿を目にすることがあった。

「なぁ、お前やっぱり大学は行かんとや？」

ヘルメットをかぶりながら、拓次が聞いてきた。

「ああ、行かん。酒屋を継ぐ」

「じゃ、浩介と圭一郎だけが大学生になるわけか」

「そういうこと。二人が羨ましかや？」

「あ、うん。少しなぁ……」

エンジンをかけ、クラッチを切ると、拓次が荷台に飛び乗ってきた。荷台に跨《また》がった拓次が必要以上に背中にしがみついてくる。丸山へと下りる坂道を、ノーブレーキで滑り下りた。前を走るセドリックの排気ガスがボクらの体を包む。ふざけてキャーキャー騒ぐ拓次の体温が、背中に伝わってくる。

「この街に残るのは俺と淩だけになるなぁ」

拓次の叫び声が背中で震えていた。

「一緒にこの街に残って、派手に遊びまくろうで」

そう叫び返した声が、熱い風にのって後ろへ流れていった。

拓次が大学に行かないのは、ボクとは違って自分の意思ではない。卑屈になるなと人は言う。努力しろと人は言う。だけど、努力して人と並んだところで……。たとえば、スタート地点まで走って行かなければならない者と、車で来られる者がいる。走ってきた者は息切れしたまま、また走り出さなければならない。そんなのはゴメンだ。ボクならスタート地点とは別の場所に走っていく。そこに誰も集まっていなくても走って行く。だけど、拓次は息切れしたままでもみんなと走り出したいのだ。きっと、そういう奴なのだ。

「拓次！　ちゃんと摑まっとけ！　前のセドリックを抜くぞ！」

「うわぁ！　やめろ！　やめろ！　向こうから対向車が来よる！」
50 ccのカブは、反対車線に飛び出し、対向車の怒り狂ったクラクションを浴びながら、猛然とスピードを上げた。横に並んだセドリックも抜かれまいと速度を上げた。バイクと白いセドリックは、並んだまま長い坂道を滑り落ちていった。対向車が目の前に迫る。それでもボクはバイクの速度を落とさなかった。
セドリックの運転手がとうとうブレーキを踏み、後ろへとその白い車体が流れていった。間一髪、ボクのバイクは元の車線に戻り、対向車との激突を避けた。

12

高校生活最後の夏休みが終わり、新学期が始まった。油蟬や熊蟬に代わって、とうとうツクツクホウシが鳴き始めていた。

練習は夏休みに比べると量も減り、飛び込みやターンといった技術的な練習が増えた。

夏休みに起きた出来事も、新学期になったからといって何も片付いてはいなかった。圭一郎の母親はまだ家出したままだったし、一向に行方さえ知れない。浩介は未だに圭一郎をホモだと思い込み、二人の会話は傍で聞いていて、笑えるほど不自然なままだった。夏休み中、圭一郎は藤森さんとは会っていないらしく、新学期になって廊下ですれ違った藤森さんの体からは、誘っているような拒んでいるような、なんともいえない匂いがした。

「凌雲！　大ニュース！　大ニュース！」

授業が終わり、プールへと向かう渡り廊下を歩いていると、後ろから京子の声が聞こえた。

「な、なんや？　大声出して、彼氏でもできたや？」

「彼氏ができたくらいでこんなに騒ぐわけないやろ。びっくりしたらいかんよ。この前からあんたが大田黒先生に頼み込んでたこと、あれ、ＯＫだって。さっき先生が……」

「頼んどったことって？　もしかして？」

「そう。省吾も大会に出場させてよかって、先生が許可してくれた」

「マジや？　よしよしよしよし！　これで全員大会に出られるなっ？」

「うん。みんなで泳げる！」

再三、運動部総顧問をしている大田黒先生に頼んであった。うちの学校の水泳部は比較的部員数も少ないから、一種目四人までエントリーできる大会には全員出られるのだが、やはり完泳できない選手を出場させるのに、先生は最後まで反対していた。

しかし、たとえ省吾が最後まで泳ぎきれなくても、それを心から笑ってあげられるだけの関係をボクらは持っていると信じていた。

実は今日の練習で、エントリーの最終発表をしなければならなかったので、一人だけ出場できない省吾にどんな顔をしようかと、悩んでいるところだったのだ。そこへきてこの知らせだ。豚でもいたら、追いかけまわしたい気分だ。

プールに着くと、どこから漏れたのか、省吾の話で持ちきりになっていた。

「おい！　凌雲！　省吾が出られるって本当や？」

浩介がプールの向こうから叫んだ。その叫び声を追い越すように、部員たちが一斉に突進して来た。その一番後ろから、みんなの背中に隠れるように、省吾が怯えた眼差しでこっちを見ている。

「省吾も出られるとや?」

一番前にいた拓次が、急かすように聞いた。みんなは一斉に黙り込み、ボクの返事を固唾《かたず》を飲んで見守った。みんなの背後からじっと見つめている省吾に、ボクはニッコリと微笑んだ。

「うわぁー!」

波のような歓声が起こり、みんなの視線は一斉に省吾に向けられた。省吾がもじもじしながら、

「で、でも。最後まで泳げるかなぁ……」

と言ったときにはもう、省吾の体はみんなに持ち上げられ、あっという間にプールへと投げ落とされていた。省吾はまだ学生服のままだった。

13

7千メートルを泳ぎきり、プールを出るときには七時を回っていた。新学期になってから、めっきり陽が落ちるのが早くなっている。西の空を切り裂くように、飛行機雲が伸びていた。プールからは赤く染まった落ち葉のような街が見え、遠くからカラスの鳴き声が聞こえていた。プールサイドのコンクリート塀も、校舎の壁も、金網も、そして

整列した部員たちの濡れた体も、すべてが茜色《あかね》に染まっていた。ボクは清々《すがすが》しい気持ちで、大会のラインナップを発表した。

「……で、最終種目のメドレーリレーは、バックが拓次。ブレストが圭一郎。バタフライが浩介。そしてフリーが俺。とにかく、全員出られることになったけん。がんばろうで！ よかや！」

「はい！」

珍しくみんなの返事がまとまった。

その日、みんながプールから帰ったあと、京子と二人で部室に残り、念入りに、一文字一文字こころを込めて、というと大袈裟だが、とにかく真剣に、大会に出すエントリー表にみんなの名前と自己最高記録とを書いていた。

女子の分を書き終わった京子がぽつりと、

「でも、本当に凌雲と水泳部のキャプテンをやれて……よかった」

と呟いた。ボクはなんとなく照れて、うまく返事ができずに変な沈黙を作ってしまった。その沈黙に京子自身が慌てたらしく、

「か、勘違いせんでよ！」

と背中を力一杯叩いてくれたのでよかったが、危うく京子の頬にキスをしてしまうところだった。

部室を出ると、プールの入口に、なんと藤森さんが一人立っているのが見えた。

「藤ちゃん！　圭一郎なら、もう帰ったよぉ」

京子がそう叫びながら、藤森さんに駆け寄り何か話し込んでいる。部室の鍵を締めていると、

「じゃぁ、先に帰るよ」と叫ぶ京子の声が背中に聞こえた。振り返ったときには藤森さんの姿しかなかった。鍵をジャラつかせながら、藤森さんの側まで行くと、

「ごめんねぇ、また凌ちゃんに相談に来たとよぉ」と俯いたままの藤森さんが言った。

たぶん、これが女の匂いなのだろう。藤森さんの髪からはやっぱり誘うようで拒むような、そんな匂いがした。

「じゃ、この鍵を職員室に返してくるけん。ちょっと待っとって」

「う、うん。あの……じゃあ、バス停におるね」

「すぐに行く」

必要以上の猛スピードでバス停に行くと、藤森さんが一人ベンチに座っていた。カバンを膝の上にキチンと置き、それを押さえるように白い指が十本のっている。

夕日はすでに稲佐《いなさ》山《やま》と夜空に潰されてしまい、辺りは暗くなっていた。

「やっぱり、この時間になるともう誰もおらんなぁ」

なるべく自然に見えるように、藤森さんの隣に腰をおろした。

「もう、みんな帰ってしもうたとやろねぇ」

「藤森さんの家って晴海台《はるみだい》の方やろ？　送っていくけん」

「いや、でも……」

「よかよか。だってバスの中の方が、景色が変わって相談もしやすかろ？」

「……」

「そんなこともないか！」

藤森さんはやっと笑った。

ちょうど晴海台行きのバスが来た。車内には他に誰も乗っておらず、ボクたちは一番後ろの席に並んで座った。ドアが閉まる空気の抜けたような音が、冷房で冷え切った車内に響く。

「とうとう来週、大会やねぇ。応援に行くけんね」

「えっ、本当？　来てくれると？」

「もちろん！」

素直に喜んだ自分が恥ずかしかった。藤森さんが誰を応援に来るのか勘違いしていた。

バスは定期的に停留所に止まったが、誰も乗ってくる気配はなかった。ほとんどうちの学校の生徒専用のようなバス路線なので、こんな遅い時間では仕方のないことだったが、とにかく、この沈黙を破ってくれるものは何一つなかった。

車内を照らす安っぽい蛍光灯が、時々チカチカと瞬いていた。

「私ねぇ、夏休みの間ずっと寂しかったぁ……」

ずっと下を向いたままだった藤森さんが唐突に話しはじめた。

「結局ねぇ、圭一郎君ぜんぜん連絡くれんやったとよぉ。もう私のこと……」

「………」

「ごめんねぇ。こんな話できるのって、淩ちゃんだけやし、他に誰にも相談できんし……」

「いや、そんなの気にせんでいいよ。でも……」

喉まで出かかっていることを言うべきかどうか悩んだ。実は圭一郎の母親が家出をしてしまって、圭一郎も大変だったんだ、と一言いってあげれば、藤森さんの悲しみを癒すことができるのは分かっていたのだけれど、その一言を言ってやる勇気がない。

「私ねぇ、どうして自分がこんなに苦しんでいるのかも、分からんとよぉ」

何と答えてやればいいのか、全く見当もつかない。自分の親友のことで相談に来た女に、一人喋らせているだけの不甲斐なさに、自分でも呆《あき》れ果てた。

藤森さんはバスに揺られながら、泣いていた。

これが本当に、圭一郎が不潔だと言っていた、セックスをしたがる女なのだろうか？

結局、晴海台の入口に着くまで、ボクたちはただバスに揺られていただけだった。もうすぐ、終点に着こうとしているとき、

「でもねぇ、私、凌ちゃんに話して少しすっきりしたような気がする。ときどき、こんなこと思うことがあるとよ。あのね、夜中に圭一郎君のこと考えて悲しくなるとねぇ、いつも凌ちゃんの顔が浮かぶの。そしてねぇ、凌ちゃんには迷惑やろうけど、また凌ちゃんに相談しようって思ったら、少し気分も落ち着いて眠れると。なんか、凌ちゃんに相談するために、悩んどるような気もする。私ちょっと変やろ？」

「悩み事じゃなくても、いつでも藤森さんの話なら聞いてやるさ」

やっと顔を上げた藤森さんが、微かに微笑んで「ありがとう」と言った。

ボクは膝の上のカバンに置かれている藤森さんの白い手を握りたくて仕方なかった。

圭一郎への裏切りになるとか、そういった気持ちは残念ながら全くなかった。

「次は終点の晴海台」

車内にアナウンスが流れたとき、とうとう藤森さんの白い手を握ってしまった。藤森さんは何も言わず、ただじっと自分の手に重なったボクの陽に灼けた指を見つめていた。

何か言わなければと焦ったのだけれど、焦れば焦るほど何も浮かばず、頭の中は真っ

白になった。窓の外にバス停が見え、速度を落としたバスがゆっくりと滑り込んだ。空気の抜ける音とともに、ドアが開いた。

「こ、今度また……送って来てもいいかなぁ?」

腕を切り落とす覚悟で、握っていた藤森さんの手を放した。立ち上がった藤森さんは何も言ってはくれなかった。ボクたちがバスを降りるのと同時に、運転手のおじさんも降り、自動販売機に煙草を買いに走っていった。

藤森さんの背中を見送りながら、何てことを言ってしまったのだろうと居たたまれない気分になっていた。そのとき急に振り返った藤森さんが、

「湊ちゃん! ありがとう」と叫んだ。

ボクは大袈裟に手を振って、それに応えるのがやっとだった。バスに乗る前に話そうと思っていたことの十分の一も話していない。もじもじし合う競技があれば、間違いなく全国大会に出場できる。

運転手のおじさんが戻ってきて、ベンチで放心しているボクに、

「もうバスはないぞ。これが最後ぞ!」

と教えてくれた。おじさんは煙草に火をつけながら、横に座り、

「中央橋の車庫までなら、乗せてやるけん。ほら、さっさと乗れ!」と、言った。

暗い顔でバスに乗り込むと、

「フラれたとか？」

とおじさんが、声をかけてきた。ボクは返事もしないで運転席の後ろの席に座った。真っ暗な県道にぽつんと光るバスの中で、じっと自分の手を眺めていた。運転席に戻ったおじさんが、エンジンをかけながら、

「坊主、今から十年後にお前が戻りたくなる場所は、きっとこのバスの中ぞ！　ようく見回して覚えておけ。坊主たちは今、将来戻りたくなる場所におるとぞ」

と訳の分からぬことを言っていた。


中央橋で降ろしてもらい、中島川沿いに大波止《おおはと》の方へ歩こうと思った。何気なく歩道橋を見上げると、圭一郎のおばさんがゆっくり歩いている。慌てて信号を渡り、階段を駆け上がった。おばさんはすでに反対側へ下りようとしている。駆け上がった歩道橋の上は、パチンコ屋のネオンでピンク色に染まっていた。

歩道橋の上から、おばさんに声をかけようとした。しかし、その時ふと黒木先生の言葉が浮かんだ。

『ありがたいけど、湊ちゃんには無理よ。何もできないと思う』

結局ボクは声をかけられぬまま階段を下り、エプロンをかけていないおばさんのあとを数メートル離れて、足跡を踏み直すようにつけた。

おばさんは後ろを振り返ることもなく、一歩一歩熱心に歩いている感じだった。後ろから眺めるおばさんの背中は小さくて、ときどき持ち替える紙袋がひどく重そうに見えた。県庁坂を右に折れたおばさんは、市場の中に入り込んだ。鮮魚店、八百屋、精肉店の前に長い時間立ち止まったりしていたが、結局何も買わずに市場を出た。

三十分以上、あとをつけていたと思う。おばさんが、玄関口にバケツの置いてあるビジネスホテルに入ろうとした時、よほど声をかけようかと思ったが、やはり言葉が見つからなかった。

ボクはバス停に戻った。おばさんを見捨てたような気がして、黒木先生の言葉を逆恨《さかうら》みした。かけてやれなかった言葉が、胸の辺りで澱《おり》になり、咽喉から手を突っ込んで血が出るまで掻き出したかった。

バス停には他に、ハンティング帽を被ったおじいさんが一人いた。自分でも何を求めているのか分からなかったが、

「こんばんは」と、つい声をかけてしまった。

おじいさんは一瞬、怪訝《けげん》な表情でこっちを見たが、ちょうどよかったとばかりに、

「兄ちゃん、『田上《たがみ》行き』のバスはあと何分で来るね？」と時刻表を指差した。

「えーと……」

「眼鏡ば忘れてきてしもうて……」

「あと……十五分です」

「あと十五分もね？　こりゃ、立っとられんばい」

おじいさんは後ろのベンチに腰を下ろし、帽子を取って頭を掻いた。時刻表で自分が乗るバスも確かめてみると、偶然にもおじいさんのやつと同じ時間だった。どっちが先に来るだろうかと思い、もしボクの方が早かったら、おばさんの居場所を圭一郎に教えようと決めた。

「兄ちゃんは運動部か？」

おじいさんはベンチで煙草を吸っていた。

「水泳部です」

「水泳か……おっちゃんたちの頃は、鼠島《ねずみじま》で褌《ふんどし》しめて泳ぎよったけど、今はもう泳げんらしかなぁ。海も汚れて……」

話しかけられたことが妙に嬉しくて、隣に座り込んだのだが、おじいさんはちょっとだけ迷惑そうな顔をして尻をずらした。それでもボクは、興味なさそうに「へぇ」「ふーん」と相槌を打つだけのおじいさん相手に、自分が県立高水泳部のキャプテンで、専門がフリー、今年になって何秒記録が伸びたか教えてやった。

「海と違って、プールの水ってすぐ汚れるんですよ。体育で水泳の授業が始まるでしょ、一日に何百人もの生徒が入るけん、放課後練習に行くと、水面には脂が浮いとるし、底の方まで濁ってしもうとる。髪にムースつけたまま飛び込む馬鹿もおるし……」

「ムースっちゃ何か?」

「髪につける……ポマードみたいなもん」

「……何分になった?」

「あ、そろそろ来ますよ」

その時、クラクションを鳴らして、おじいさんが乗るバスが現れた。ボクは、圭一郎にはおばさんの居場所を教えないことに決めた。ベンチから立ち上がったおじいさんに、「プールの水を全部入れ替えるとしたら、何日かかるか知ってますか?」と聞いた。おじいさんは、「知らん」と言ってバスに乗り込んだ。ボクはベンチに座ったまま、脂の浮いた水面が下がり、濁った水が渦を巻き、どんどん排水口に吸い込まれていく様子を想像していた。

14

県大会の三日前になって、急に落ち着かなくなった。落ち着かなくなったというよりも、何に対しても苛々していた。たとえば、部員たちの集合が遅いだとか、練習中に無駄口が多いだとか、そういった今までなら気にもならなかったことがボクを悩まし、まるで愚かな群衆の前に立ち、必死に革命を唱える指導者のように、一人無様だった。

部員たちはそんなキャプテンを完全に無視し、今まで通り好き勝手にやっていた。呑気な下級生たちは、触らぬ神に祟《たた》りなし、と近寄ろうともしない。

浩介や、圭一郎や、そして拓次も、ボクの癇癪《かんしゃく》を気にしている暇などないと見えて、遅くまでターンや飛び込みの練習をして、自分勝手に気分を昂揚させていた。

結局気づかなかっただけで、部内の緊張は最高潮に達していたのだ。ただ盛り上がり方が違うだけで、ボクたちに見えるものは、三日後に行われる大会の電光掲示板だけだった。朝、目が覚めて、夜、目を閉じるまで、一秒たりとも泳いでいる姿を想像していない瞬間はなかった。ボクらは三日後に迫った本番に向かって、思い思いの格好で走り出そうとしていたのだ。

大会の前夜、配達が終わって、親父と二人晩飯を喰っていると、親父が力尽きたような声で、

「もう駄目かもしれんぞ」と呟いた。

ボクはただ「……うん」と答えるしかなかった。親父が何を言いたいのか、もう分かっていた。

「もう店にも立たせられんもんなぁ……」

今日の午後、あるお客さんが店番をしていた母に「息子さんは気の毒やったねぇ」と

言ったらしい。きょとんとした母にお客さんは「バイクで亡くなるなんてねぇ」と言った。母は近くにあった箒《ほうき》を持ち上げ、そのお客さんの体を痣《あざ》ができるまで殴り続けたらしい。幸いそのお客さんがいい人で、何もなかったことにしてくれたのだが、驚いた父は母を二階の部屋に監禁してしまった。

母は今も鍵のかかった二階の部屋で、時々大声で喚いている。親父は母を病院に入れることを決心したのだ。

「とうとう明日からか？」

親父は話を逸らすように、聞いてきた。

「雄大も、前の晩にはお前と同じようにそわそわしとったもんなぁ」

「えっ、兄ちゃんも？」

「ああ、雄大もお前と一緒やったぞ。どうしたら緊張しないやろ？って聞いてきたもんなぁ」

「親父は何て答えた？」

「うん、確か……会場に入るときに、胸を張って入れ！って言うたなぁ。キャプテンなら、会場の門をくぐる前に、みんなを整列させて、みんなで一列になって胸を張って入場しろ！って教えたような気がする……試合のことは気にせず、帰るときも同じように胸を張って門を出る姿を想像しながら、門をくぐれって」

返事もせずにただ黙って親父の言葉を聞いていた。ボクの名前は凌雲という、雲を凌《しの》ぐと書く。ボクには追い越さなければならない雲がある。夏空に浮かぶ雄大雲《ゆうだいうん》や、強く誇らしげな入道雲を。


皿を洗って、二階へ上がった。鍵をあけ、そっとドアを開けた。床に敷かれた布団から母の乱れた髪だけが見えた。布団を被ったまま、母は喋り続けている。

「あの馬鹿が、雄大が死んだなんて言うけん。私が箒で叩いてやったとよ。あの馬鹿が雄大が死んだなんて言うけん。本当に呆れたもんねぇ、人の息子を勝手に死んだと思うとる」

布団の中に籠る母の声を聞きながら、そっとドアを閉め、震える指で鍵をかけた。そして「明日からの試合、がんばってくるけんねぇ」と心の中で呟いた。

15

大会初日。日差しだけが夏の衣をつけ、汗や風は秋の匂いがした。水泳競技は四日をかけて競われる。前半二日は男女の予選が行われ、三日目に女子の決勝、そして最終日、泣いても笑ってもボクたちの運命が決まる、男子決勝。

貸切りバスが会場に着くと、ボクは部員全員を集合させた。お揃いの紺色のジャージを着た部員たちが、緊張した面持ちで一列に並んだ。

「よかや！　今から会場に入るわけやけど、一列になって行進して行くぞ！」

「えーっ！　行進？　そんなの格好悪いですよぉー」

「やかまし！　とにかく一列で行進して入る！　みんな胸を張って歩け！　そして各自この会場を出るときのことを考えながら歩け！　よかや！　会場を出るとき胸を張って歩いて帰る自分の姿を想像して歩け！　分かったか！」

「はーい」

高鳴る胸の鼓動を必死に抑えながら、みんなの先頭に立った。後ろに並んだ浩介が、

「なんの呪《まじな》いや？」と冷やかす声を無視して、胸を張って歩き出した。

バラバラに会場入りしている他校の選手たちが、立ち止まってボクらの行進を眺めている。指をさして笑っている者もいれば、露骨に嫌な顔をしている者もいる。後ろに並んだみんなのことが気になって振り返ったが、部員たちはそんな中傷や揶揄《やゆ》に怯んでいる様子はない。京子も、浩介も拓次も圭一郎も、そしてあとに続く下級生たちも、みんな自信に満ちた顔でついてきていた。

16

百米バタフライに出場した美穂が泳法違反で失格になったことを除いては、女子の子

選は頗《すこぶ》る順調だった。中でもなんと京子が予選を一位で通過した。予選から全力で四百米自由形を泳ぐ選手などそういないのも確かだが、初めて最後まで誰にも抜かれなかった京子を応援しながら、ボクは体が熱くなった。

大会第一日目の女子の予選が終わった時点で、我が部の意気は立ち昇る虹のように、大空に突き刺さる勢いだった。

二日目、男子の予選が行われ、浩介も拓次も圭一郎も、順調に決勝に残った。残念ながら、彼らと同じ種目に出ていた下級生たちは誰も決勝には残れなかったが、みんながみんな自己最高記録を出して泳いだ。

二日目の最終種目、百米自由形の予選が始まった。この種目にエントリーしているのは、ボクと二年の原田、そして一年の省吾の三人だ。登録記録の速い順から各組に振り分けられる予選で、なんとボクと省吾が同じ第三レースで泳ぐことになった。

「凌雲先輩、だめ、やっぱり俺だめ。絶対に最後まで泳げるわけない」

レースを待つテントの中で、横に座った省吾が体を震わせていた。ボクはたった今、第一レースで泳ぎ終わった、聖マリの田島の記録が気になって仕方なく、食い入るように電光掲示板の表示を見ていた。

「凌雲先輩、やっぱり棄権しようかなぁ……」

「ちょっ、ちょっと黙っとれ!」

56秒76、聖マリの田島は予選で57秒を切って泳いだ。

応援席の歓声が突然大きくなった。それは第二レースで泳ぐ原田を応援する我が部員たちの声援だった。他の学校に比べ人数が少ないにも拘らず、声援だけは恥ずかしいくらい大きい。昨年までの決まっていた応援方法をやめ、思い思いの声を上げるようにしたのがこうなった原因だと思う。原田が両手を振ってみんなの応援に応える後ろ姿が見える。スタート台に立った他の選手たちが神妙すぎるくらいの中で、原田のふざけた態度が、より目立っている。

「原田！　バク転しろ！」

ボクがテントの中から叫ぶと、振り返った原田がニヤッと笑い、スタート台の上から空中で一回転してプールに落ちた。観客席から大きな笑い声が沸き上がった。

すぐに駆け寄ってきた係員から原田は厳しく注意されているようだった。声をかけたボクのところにもすぐに監視員が現れ、冷たく注意されてしまった。

「すいませーん。まさか本当にやるとは思わなかったので……」

怒られているボクを見ながら、隣で省吾が必死に笑いを堪えていた。

「なぁ。省吾。今日の夜までには100メートル泳ぎ終われよ。朝までは待てんぞ」

「一人だけ遅かったら、みんなに笑われるやろうなぁ」

「大丈夫、大丈夫。お前がゴールするころには、みんなこの会場から帰っとる」

「もう、少しは励まして下さいよぉ」

プールでは原田が泳ぎ終わったようだった。テントからはプールの中の様子が見えない。電光掲示板に表示された原田の記録を見ると、残念ながら決勝には残れそうになかった。

「さぁ！　第三レースの選手は位置について！」

係員の声に、ボクと省吾は勢いよく立ち上がった。他の選手と並んでスタート台に向かうとき、泳ぎ終わりテントに戻っていた聖マリの田島が「がんばれよ！」と声をかけた。ボクは片手を上げてそれに応えた。

選手紹介が終わり、スタート台に立った。予選だということもあり、それほど緊張はしていない。それより一番端のコースに立っている省吾のことが少し気になる。

スタート台から眺めるプールの景色は絶品だ。風が作る小さな波に太陽が反射している。ボクはプールが好きだ。たぶん海よりも好きだ。プールには海が持っているような獰猛《どうもう》なモラルだとか、荒々しい情操《じょうそう》がない。一言で言ってしまえば、プールは男らしくない。そして何より押しつけがましくないのだ。清潔で、淡白で、そして危険のないプールがボクには合っているように思う。

ホイッスルが鳴った。スタート台に立つと、時々こんなことを思う。

『なんでもそうだが、何かを始めるときの自分が……』

「位置について！　用意！」

『何かを始めるときの自分が、一番臆病で、そして一番勇敢だ』

「スタート！」

最高のスタートを切って水の中に飛び込んだ。手のひらが水を摑んでいる確かな手応えがある。体が水に乗っている確かな感触がある。

50メートルのターンを切ったところで有り余る力を感じた。先頭を泳いでいるのは確かだった。勢い余って、今にも体が水面から飛び上がりそうな気さえする。

壁に激突する勢いでゴールし、振り返って電光掲示板を見ると、一番上にボクのタイムがある。

観客席からみんなの歓声が聞こえた。56秒99。

とうとうボクは、57秒の壁を破った。聖マリの田島の記録には及ばなかったが、予選を二位で通過することになった。

ちょうどそのとき、観客席から笑い声が起こった。咄嗟に省吾のコースへ目を向けると、やっとターンを終えた省吾が、ほとんど溺れているように泳いでくるのが見えた。

ボクは慌ててプールを飛び出し、省吾のコースへと駆け寄った。

「泳ぎ終わった人はテントに戻って！」

注意する係員の手を払いのけ、大声で省吾に叫んだ。

「来い！　ここまで来い！」

来い、ここまで来い。ここまで来れば、俺がプールから引き上げてやる。お前のことを笑った奴を一人残らず蹴飛ばしてやる！　来い！　ここまで来い！

息継ぎの角度がどんどん空に向かっている。手と足のバランスがどんどん狂ってくる。水中でもがく省吾の体はすぐそこまで来ていた。すぐそこまで……。

観客席での笑い声が、沈黙へと変わった。ボクの手を引っ張っていた係員の手に力が入るのが分かった。水から上がる省吾の顔が、苦痛と希望とでぐにゃぐにゃに歪《ゆが》んでいる。

あと10メートル。ボクは目を瞑《つむ》った。

観客席から秋風のような拍手が聞こえる。ゆっくりと目を開け、プールの中を覗き込むと、省吾の顔があった。生まれて初めて100メートルを泳ぎ切った男の顔が、そこにあった。

息も出来ぬほど苦しいのだろう、声も出せずに「凌雲先輩」と口が動いた。喘《あえ》ぐように、「最後まで泳いだよ」と省吾が言った。

ボクは泣くもんか、と思ったけど涙が流れて止まらなかった。

17

大会の三日目が終わった。京子はやはり決勝では次々に抜かれ、結局六位に終わってしまった。二百米の決勝に残っていた美穂は名誉挽回とばかりに、自己記録を縮め、見事準優勝した。リレーも三位に入賞し、結果としては女子団体で三位という栄光を手に入れた。

帰りにみんなで円陣を組んだ時、高校生いや生涯最後の試合となった京子が、最後の挨拶をした。

「みんな本当に応援ありがとう。私がこの大会で一番嬉しかったのは、三位に入賞できたことじゃなくて、ある学校の選手がねぇ、うちの学校の応援が羨ましいって言ってくれたことです。ぜんぜんまとまりのない、ぜんぜん厳しくもないうちの学校の水泳部の応援が、一番まとまっていて、一番……本当に、一生懸命応援してくれて本当にありがとう」

あの京子がとうとう泣き出してしまった。下級生の女の子たちは「京子さん、京子さん」と慰め、為す術もなく茫然と立ち尽くす男子部員たちの中にも、京子の涙の演説に目を潤ませている者がいた。

京子の涙を見た浩介が「鬼の目にも涙」と言ったのが、京子を立ち直らせ、最後に京子が叫んだ。

「とにかく、明日は男子の決勝やけん！　声の嗄《か》れるまで応援してやろうで！　凌たちが全国大会に行けるように、喉から血が出るまで応援してやろうで！　みんなよかねっ！」

「はいっ」

18

大会最終日の朝、ボクは五時に目が覚めてしまった。もう少し眠らなければと焦ってみても、一向に眠ることができない。ゴソゴソとベッドを抜け出し、まだ寝ている両親を起こさないように、台所で水を飲んだ。透明のグラスに入れた水が朝日に当たって、キラキラ輝いていた。喉を落ちてゆく水は冷たく、清潔で、たて続けに二杯も飲んだ。

部屋に戻り、兄の机に座った。そして聖書とも呼べる兄の日記を開いた。三年前、兄が書いた大会最終日の日付のページを開き、そして読んだ。

『朝早く目が覚めた。今日が最後の試合なのに妙に落ち着いている。朝から机に向かってこの日記を書いている。凌雲はまだ目の前で眠っている。今日は応援に来るとはりきっていたが、果たして起きれるのだろうか？　凌雲の寝顔を見ながら、今ふと思ったのだが、本当にそんなに大切なことだろうか？　そんなにこの大会で勝つことが、大切なことなのだろうか？　動けなくなるまで泳いで、泣きたくなるほど記録のことに執着して、何をやるにも記録のことや水泳部のことが頭から離れなかった。この一年間必死になってやってきたことが、そんなに大切なことだったのだろうか？

しかし、とにかく今日が最後だ。キャプテン最後の日であり、水泳部最後の日だ。ボクが全力でやってきたことが大切なことだったのか、それともそうじゃなかったのかは、たぶん、今日泳ぎ終わったときにはっきりするような気がする。そして一年後、五年後、そして十年後に、今日のことがどれほど大切なことだったのか、分かるような気がする。たぶんこれからのボクの人生は、何を持って行くかで決まるのだと思う。どんな思い出を持って行くかで、ボクの人生は決まるのだ。

もしかすると、今日泳ぎ終わった瞬間が、ボクの人生最高の時になるのかもしれない。人生は長いのに、最高の時というものは、こんなにも早い時期にやってくるものなのだろうか。しかし、たとえそうだとしても、最高記録というものは破るためにある』

19

大会最終日、正午を廻って、殆どの種目が終わろうとしていた。午前中にあった百米背泳ぎで拓次が自己ベストを出し、三位に入賞した。もしこの記録が最後のメドレーリレーで出せれば、ボクたちは優勝することができるかもしれない。そして四人揃って全国大会に行くことができる。

圭一郎と浩介は、自己ベストは出せなかったのだが、順調に三位と二位で表彰台に上がった。百米自由形の決勝を前に、省吾がボクのところに走って来た。

「凌雲先輩！　あのねぇ、聖マリの田島っていう人の手の長さを計ってきたら、凌雲先輩より、3センチ短かったよ！　ってことは並んで泳げば、3センチ分、凌雲先輩が勝てるやろ？」

「ははは、省吾。そんな簡単な問題でもないぞ」

「でも、予選の記録だって、0秒23しか違わんとやろ？　だったらやっぱり最後は手の長さで決まるかもしれん」

「確かに、全く肩が並んだら、そうなるけど……そこまでいくかなぁ？」

「そんな弱気でどうする！」

「はいっ！　すみませんでした！　がんばります！」

「よし！」

百米自由形の決勝が始まった。スタート台に立ったとき、気分を落ち着けるために観客席を見渡した。

一番後ろの席で、白い日傘をさした母の姿が見える。その横に腕を組んだ父の姿がある。この大会が終わったら、母はたぶん病院に入れられる。そして父と二人で酒屋をやっていくことになる。

藤森さんが応援席まで下りてきていて、京子と何か話をしている。実はあの日以来、毎日藤森さんを送っている。バスの中で手を握るのにも馴れたし、今ではそれ以上のところにちょっとだけ触れてみたりもしている。大会の前日、よほど気になっていたのか、晴海台のバス停で藤森さんが爪を切ってくれた。この爪が伸びた頃、きっとボクは童貞ではなくなっているだろう。

「位置について！　用意！　スタート！」

結果を先に言うと、個人種目百米自由形で、ボクは結局聖マリの田島に負け、二位だった。ゴール前で横に並んでいた田島の脇腹が見えた時点で、敗北は決まったのだが、互いに56秒前半で泳ぎ、二人揃って大会記録を破る好レースとなった。これから先、二度と田島を相手に個人で戦うことはない。レースが終わり、プールを出た時、田島が耳に入った水を跳躍して取りながら、「どうや？　最後の最後に負けた気分は？」と言いやがった。何か気の利いた言葉を返そうとしたのだが、なんと、涙がこみ上げてきた。幸い、涙は濡れた顔では目立たなかったが。

午後三時に、とうとう最終レース、メドレーリレーの呼び出しがかかった。ボクら四人、浩介と圭一郎と拓次は、言葉も交わさぬまま無言でテントに集まった。テントのべンチに並んで座ったときにも誰も話し出す者はいなかった。緊張は絶頂に達していた。体中が空気に触れただけでもひりひりと痛む傷口のようだった。

そのとき突然、下を向いていた圭一郎が、

「淩雲！ この前、藤森が別れようって言うてきた。お前のことが好きらしか。俺に隠れてこそこそ人の女にちょっかい出しやがって」と言い出した。

一瞬、藤森さんではなく、安ホテルに身を潜めたおばさんの顔が浮かんだ。

「ちょっかいなんて出しとらん！ フラれるお前にも責任がある！」

「や、やめろさぁ！ こんなときに、なんや、いきなり……」

慌てて止めに入った拓次の声にも、ボクは嚙みついてしまった。

「圭一郎がいきなり言い出したのが悪かとやろうが！ なんで俺が拓次に文句言われんばいかんとや？ いつもいつも人の顔色ばっかり窺って、大学に行かれんことがそんなに気になるや？」

「な、なんで、いきなり大学の話になるとや？ どうかしとるぞ！」

そう言ってボクに摑みかかろうとする拓次を、浩介が慌てて止めた。

「浩介！ クソッ放せ！ お前みたいなスケコマシに触られとうない！」

「だ、誰がスケコマシや？」

今度は拓次と浩介が摑み合いになり、それに圭一郎が割って入った。

「ホモはあっちに行っとれ!」

浩介のその一言に、拓次の怒りはおさまり、逆に圭一郎と浩介が睨みあった。係員が騒動を聞きつけ、走ってきた。周りに座っていた聖マリの田島を含む他の選手たちもクスクスと声を抑えて笑っていた。

20

結局、怒りがおさまらぬまま、選手紹介を終えた。観客席からの応援も、アナウンスの声も、何もかもがボクらを苛立たせた。

第一泳者の拓次がプールに入り、背泳ぎのスタート体勢をとった。真剣な表情で腕を震わせながら、拓次が叫ぶ。

「と、とにかく、これさえ終わったらお前たちとは友達の縁を切ってやる。くそっ、お前たちのことはムカつくけど、俺は泳ぐぞ! 絶対勝ってやる!」

その拓次の叫びに、ボクらは殴られたような気がした。

「位置について! 用意! スタート!」

拓次が水面から飛び上がり、バサロで水中を潜っていった。プールの中央で浮かび上がったとき、拓次は聖マリの選手と並び、なんと一番先を泳いでいた。

「う、うわぁー! 行け! 行け! 拓次!」

ボクらは声を上ずらせて叫んだ。みんなの声援が鼓膜を破るくらいの近さで聞こえた。第二泳者の圭一郎がジャージを脱ぎ、スタート台に立つ。振り返った圭一郎に、ボクは大きく頷いた。

50メートルのターンを切って、聖マリの選手が少し拓次を離した。三位だった西高の選手が、どんどん拓次に追いついてくる。

「拓次！」

浩介の叫び声が、第四コースを拓次に向かって進んでいった。

拓次は頭一つ西高の選手をかわし、二番手で圭一郎が飛び込んだ。水中深く潜り込んだ圭一郎が、水面に浮かび上がったとき、聖マリの選手は射程距離内にあるように思えた。かなり離されてはいるが、もしかすると追いつけるかもしれない。

プールから出てきて肩で息をしている拓次に、ボクは何も言わず、バスタオルを投げてやった。

だんだん圭一郎が聖マリの選手に近づいていく。ターンをしてまた水中に潜り込み、プールの向こうで顔を浮かべたとき、とうとう聖マリの選手と並んだ。

スタート台に立って大きく深呼吸する浩介の背中ごしに、圭一郎が聖マリの選手と並んでこっちに泳いでくるのが見える。

殆ど同時に、浩介と聖マリの選手が飛び込んだ。三位以下とはかなりの差が開いている。スタート台に立つとき、隣に立った聖マリの田島と目が合った。田島は血走った目でただじっとこっちを睨みつけていた。

「凌雲！」

観客席から一際大きい京子の声が聞こえた。目を閉じ、二回大きく息を吐いた。後ろから覗き込むように、圭一郎と拓次が浩介の力泳に叫び声を上げている。

喉が渇いて、口の中がカラカラになる。何度も何度も唾を飲み込み、唇を舐める。

激しい波を作りながら、バタフライの浩介が泳いでくる。最後まで聖マリの選手に離されないように、必死の形相で泳いでくる。ボクはスタートの姿勢をとった。そして毎日毎日残って練習したように、泳いでくる浩介の呼吸と自分の呼吸を合わせた。あと三かき、二かき、一かき。

飛び込んだとき、ゴーグルに少し水が入った。顔を上げる度に水が目に染みる。50メートルのターンを切るまで、左上げで息継ぎをするボクには、隣を泳ぐ田島の姿が見えない。

50メートルのターンを切った。確かに水を摑んでいる。確かに水を蹴っている。ボクの体は確かに水になっている。

ターンして浮かび上がったとき、真横に田島の体が見えた。全く並んでいるように見える。腕も足も殆ど同じペースで動いている。プールの中央の赤い線が水底に現れた。

あと25メートル。

水面で息をしたとき、六角形の光の残骸が空から繋がっているのが見えた。光の向こうで手を振っている京子たちの姿が見えた。田島とはまだ完全に並んでいる。体が今にも水面から飛び出し、大空に浮かび上がるような気がする。水の入った耳に、みんなの声援が聞こえる。京子の、藤森さんの、父の、母の、そして兄雄大の……。

ゴールにタッチしたとき、確実にボクの体と田島の体は並んでいた。間違いなく寸分違わずボクらの肩は同じ位置にあった。

水飛沫を上げながら、水の中から顔を上げた。飛び散った飛沫の先で、スタート台の横に座り込んだ拓次が、呆然と電光掲示板を見つめている。その後ろで浩介と圭一郎が抱き合っている。水の入った耳に、濡れたままの歓声が聞こえる。

今、この瞬間が人生最高の時になるのかもしれない。そして最高記録を破るために、これからも生きてゆく。

……ボクは振り返った……そして電光掲示板を見た……。

初出
最後の息子　「文學界」平成九年六月号
破片　「文學界」平成九年九月号
Water　「文學界」平成十年八月号

単行本　平成十一年七月　文藝春秋刊

文春文庫

最《さい》後《ご》の息《むす》子《こ》

定価はカバーに表示してあります

2002年8月10日　第1刷
2018年1月30日　第18刷

著者　吉《よし》田《だ》修一《しゅういち》
発行者　飯窪成幸
発行所　株式会社　文藝春秋

東京都千代田区紀尾井町 3-23　〒102-8008
TEL　03・3265・1211㈹
文藝春秋ホームページ　http://www.bunshun.co.jp

落丁、乱丁本は、お手数ですが小社製作部宛お送り下さい。送料小社負担でお取替致します。

印刷・大日本印刷　製本・加藤製本

Printed in Japan
ISBN978-4-16-766501-2

（　）内は解説者。品切の節はご容赦下さい。

最後の息子
吉田修一

オカマと同棲して気楽な日々を過ごす「ぼく」のビデオ日記に残されていた映像とは……。爽快感200％、とってもキュートな青春小説。第84回文學界新人賞受賞作。「破片」「Water」併録。

よ-19-1

熱帯魚
吉田修一

大工の大輔は子連れの美人と結婚するのだが、二人の間には微妙な温度差が生じはじめて……。果たして、彼にとって恋とは何だったのか。60年代生まれのひりひりする青春を描いた傑作。

よ-19-2

パーク・ライフ
吉田修一

日比谷公園で偶然にも再会したのは、ぼくが地下鉄で話しかけてしまった女性だった。なんとなく見えていた東京の景色が、せつないほどリアルに動き始める。芥川賞を受賞した傑作小説。

よ-19-3

春、バーニーズで
吉田修一

昔一緒に暮らしていた人と偶然出会う。日常のふとした時に流れ出す、選ばなかったもう一つの時間。デビュー作「最後の息子」の主人公のその後が、精緻な文章で綴られる連作短篇集。

よ-19-4

横道世之介
吉田修一

大学進学のため長崎から上京した横道世之介十八歳。愛すべき押しの弱さと隠された芯の強さで、様々な出会いと笑いを引き寄せる。誰の人生にも温かな光を灯す青春小説の金字塔。

よ-19-5

路《ルウ》
吉田修一

台湾に日本の新幹線が走る。新幹線事業を背景に、若者から老人まで、日台の人々の国を越え時間を越えて繫がる想いを色鮮やかに描く。台湾でも大きな話題を呼んだ著者渾身の感動傑作。

よ-19-6

（　）内は解説者。品切の節はご容赦下さい。

あさのあつこ
あした吹く風
17歳の少年と34歳の女性歯科医。心を焦がし、求めてやまない相手に出会ってしまった――。閉ざしていた心を解き放つ二人の恋を描いた、著者待望の本格恋愛小説。（青木千恵）
あ-43-7

五木寛之
金沢あかり坂
花街で育った女と、都会からやってきた男。恋と別れ、そして再会――単行本未収録「金沢あかり坂」を含む4篇が織り成す、恋と青春を描いたオリジナル短篇小説集。（山田有策）
い-1-35

石田衣良
コンカツ？
顔もスタイルも悪くないのに、なぜかいい男との出会いがない！　合コンに打ち込む仲良しアラサー4人組は晴れて幸せをつかめるのか？　コンカツエンタメ決定版。（山田昌弘）
い-47-32

石田衣良
余命1年のスタリオン（上下）
「種馬王子」の異名をもつ人気俳優、小早川当馬。公私ともに絶好調の中、がん宣告を受ける。命が尽きるまでに、ぼくは世界に何を残せるのだろう。著者渾身の、愛の物語。（瀧井朝世）
い-47-33

川上弘美
溺レる
重ねあった盃。並んで歩いた道。そして、ふたり身を投げた海。過ぎてゆく恋の一瞬を惜しみ、時間さえ超える愛のすがたを描く傑作短篇集。女流文学賞・伊藤整文学賞受賞。（種村季弘）
か-21-2

川上弘美
センセイの鞄
駅前の居酒屋で偶然、二十年ぶりに高校の恩師と再会したツキコさん。その歳の離れたセンセイとの、切なく、悲しく、あたたかい恋模様。谷崎潤一郎賞受賞の大ベストセラー。（木田　元）
か-21-3

角田光代
だれかのいとしいひと
どんなに好きでも、もう二度と会えない。人を好きになる気持ちがなければどんなにいいだろう。恋に不器用な主人公たちのせつなくて悲しい八つの恋の形を描く短篇小説集。（枡野浩一）
か-32-2

（　）内は解説者。品切の節はご容赦下さい。

角田光代
太陽と毒ぐも
もしもあなたの彼女が風呂嫌いだったら？　彼が物欲の鬼だったら？　大好きなのに、許せないことがある。恋人たちの日常と小さな諍いを描く、キュートな恋愛短篇集。（池上冬樹）
か-32-4

角田光代
それもまたちいさな光
幼なじみの雄大と宙ぶらりんな関係を続ける仁絵。しかし、二人には恋愛に踏み込めない理由があった……。仕事でも恋愛でも岐路にたたされた女性たちにエールを贈るラブ・ストーリー。
か-32-8

角田光代
おまえじゃなきゃだめなんだ
ジュエリーショップで指輪を見つめる二組のカップル。現実とロマンスの狭間で、決意を形にする時―すべての女子の、宝石のような確かで切ない想いを集めた恋愛短編集。
か-32-11

北川悦吏子
運命に、似た恋
シングルマザーのカスミと売れっ子デザイナーのユーリ。運命に導かれた二人の恋の行方は……。NHKの連続ドラマとして話題を呼んだ、ラブストーリーの神様による純愛と救済の物語。
き-42-1

小池真理子
存在の美しい哀しみ
異父兄の存在を亡き母から知らされた榛名は、兄のいるプラハに向かった。――視点をいくつもに変えながら、家族の真の姿を万華鏡のように美しく描き出す、感動の長編。（大矢博子）
こ-29-6

小池真理子・桐野夏生・村山由佳・桜木紫乃・林　真理子
野坂昭如・勝目　梓・石田衣良・山田風太郎
エロスの記憶
官能を開発する指圧院、美貌の男性講師ばかりのアートスクール、挿入のないセックスを追求するカップル、許嫁を犯された忍者の復讐など、第一線の作家たちの官能アンソロジー。
こ-29-7

小池真理子
ソナチネ
刹那の欲望、嫉妬、別離、性の目覚め……。著者がこれまで一貫してテーマにしてきた人間存在のエロス、生と死の気配が濃密に描かれる、圧巻の短篇集。（千早　茜）
こ-29-9

（　）内は解説者。品切の節はご容赦下さい。

小手鞠るい
野菜畑で見る夢は
同窓会に参加するため帰郷したまゆみは10年前に別れた彼と再会する。終わったはずの恋が時を経て野菜畑でふたたび芽吹く——恋愛小説の名手による3組の恋の物語。（西沢邦浩）
こ-43-2

桜木紫乃
氷平線
真っ白に凍る海辺の町を舞台に、凄烈な愛を描いた表題作、オール讀物新人賞「雪虫」他、全六篇。北の大地に生きる男女の哀歓を圧倒的な迫力で描き出した、瞠目のデビュー作。（瀧井朝世）
さ-56-1

瀬戸内寂聴
あなたにだけ
インテリアデザイナーの桐子、大学助教授とその妻、奔放な桐子の姪と恋人、作家のたまごなど、複数の男女が絡み合って織りなす愛の形を、万華鏡のように艶やかに描き出す名作。

せ-1-21

瀬那和章
フルーツパーラーにはない果物
フルーツパーラーにはない果物はなんでしょう？　その質問をきっかけに、女性たちはそれぞれ自分の恋愛を振り返る。四者四様の恋模様を甘酸っぱく描く連作短編集。（倉本さおり）
せ-11-1

七月隆文
天使は奇跡を希《こいねが》う
良史の通う今治の高校にある日、本物の天使が転校してきた。正体を知った彼は幼馴染たちと彼女を天国へかえそうとするが。天使の嘘を知った時、真実の物語が始まる。文庫オリジナル。

な-75-1

林　真理子
不機嫌な果実
三十二歳の水越麻也子は、自分を顧みない夫に対する密かな復讐として、元恋人や歳下の音楽評論家と不倫を重ねるが……。男女の愛情の虚実を醒めた視点で痛烈に描いた、傑作恋愛小説。

は-3-20

（　）内は解説者。品切の節はご容赦下さい。

林　真理子
野ばら
宝塚の娘役の千花と親友でライターの萌。花の盛りのように美しいヒロイン達の日々は、退屈な現実や叶わぬ恋によってゆっくりと翳りを帯びていく。華やかな平成版「細雪」。（酒井順子）
は-3-29

林　真理子
美食倶楽部
モデルクラブ女社長の食道楽と恋をシニカルに描いた表題作他、不倫の恋の苦さが満ちる「幻の男」、人間洞察の傑作「東京の女性」。女の食欲とプライドが満ちる充実の三篇を収録。
は-3-35

藤田宜永
愛の領分
仕立屋の淳蔵はかつての親友夫婦に招かれ、昔追われるように去った故郷を三十五年ぶりに訪れて佳世と出会う。二人は年齢差を超えて惹かれ合うのだが……。直木賞受賞作。（渡辺淳一）
ふ-14-6

村上　龍
心はあなたのもとに
投資組合を経営する西崎は翳を持つ風俗嬢サクラに強く惹かれていく。彼女が抱えている「秘密」とは？　643通のメールのやり取りを通して男女の深淵を描いた長編。（小池真理子）
む-11-6

村山由佳
ダブル・ファンタジー（上下）
女としての人生が終わる前に性愛を極める恋がしてみたい。三十五歳の脚本家・高遠奈津の性の彷徨が問いかける夫婦、男、自分自身。文学賞を総なめにした衝撃的な官能の物語。（藤田宜永）
む-13-3

村山由佳
花酔ひ
浅草の呉服屋の一人娘結城麻子はアンティーク着物の商売を始めた。着物を軸に交差する二組の夫婦。かつてなく猥雑で美しい官能文学。（花房観音）
む-13-5

（　）内は解説者。品切の節はご容赦下さい。

村山由佳
ありふれた愛じゃない
真珠店に勤める真奈は、出張先のタヒチで元彼と再会。誠実な今の恋人との約束された愛か、官能的な元彼との先の見えない愛か。現代女性の揺れる心を描いた恋愛長編。（ブルボンヌ）
む-13-6

森　絵都
この女
釜ヶ崎のドヤ街に暮らす僕に「自分の妻をヒロインにした小説を書いてくれ」との依頼が……。嘘吐き女の正体、絡み合う謎、そして罠。極上の読み応え、恋愛冒険小説のカタルシス！

も-20-6

山田詠美
風味絶佳
七十歳の今も真っ赤なカマロを走らせるグランマは、孫のままならない恋の行方を見つめる。甘く、ほろ苦い恋と人生の妙味が詰まった極上の小説六粒。谷崎潤一郎賞受賞作。（高橋源一郎）
や-23-6

山崎マキコ
ためらいもイエス
わたしは仕事以外になにもない、さっぱりとした日常をいたく気に入っていたはずだった——二十八歳にして処女、仕事一筋の奈津美の初恋。愛すべき恋愛音痴のためのラブストーリー。

や-40-1

唯川　恵
息がとまるほど
同僚にプロポーズされたのを機に、不倫中の上司と別れる決意をした朋絵だったが、最後のデートを後輩に目撃され……。女たちの心に沈む思いを濃密に描く、八つの傑作恋愛短篇。（岸　久）
ゆ-8-2

唯川　恵
夜明け前に会いたい
元芸者の母と二人暮らしの希和子二十四歳。新進の友禅作家との恋が始まったかに思えたが——。金沢を舞台に純粋な恋の歓びと哀しみ、親子の情愛を描いた長編恋愛小説。（中江有里）
ゆ-8-5

（　）内は解説者。品切の節はご容赦下さい。

有川　浩
三匹のおっさん
還暦くらいでジジイの箱に蹴りこまれてたまるか！　武闘派2名と頭脳派1名のかつての悪ガキが自警団を結成、ご近所に潜む悪を斬る！　痛快活劇シリーズ始動！（児玉　清・中江有里）
あ-60-1

朝倉かすみ
てらさふ
「スーパースターになって」『ここではないどこかに行きたい』ふたりの中学生は、共同作業で史上最年少芥川賞受賞を目指した――。女の子の夢と自意識を描き尽くした野心作。（千野帽子）
あ-61-2

青山七恵
お別れの音
日常の中ですれ違っていく、忘れられない人たち。そのすれ違いの中でかすかに揺らぐ感情を、芥川賞・川端賞受賞の著者が見事な筆致で掬いあげる。（大矢博子）
あ-62-1

青山七恵
すみれ
十五歳のわたしの家に突然やってきて、一緒に棲むことになった三十七歳のレミちゃん。むかし作家を目指していたレミちゃんには「ふつうの人と違う」ところがあった……。（金原瑞人）
あ-62-2

愛川欽也
泳ぎたくない川
貧しかった少年時代、明るい笑顔に隠された出生の秘密――戦時下の昭和を舞台に、ひっそりと身を寄せ合って生きた母と子の絆を描いた、半自伝的青春小説。（うつみ宮土理）
あ-70-1

阿部和重
Deluxe Edition
現代文学の最前線を疾走する阿部和重が、9・11から3・11へ至る世界に対峙した12の短篇小説。各篇のタイトルに冠した洋楽ナンバーに乗せ、読者に毒と感動をお届け。（福永　信）
あ-72-1

五木寛之
蒼ざめた馬を見よ
ソ連の作家が書いた体制批判の小説を巡る恐るべき陰謀。直木賞受賞の表題作を初め、「赤い広場の女」「バルカンの星の下に」「夜の斧」など初期の傑作全五篇を収録した短篇集。（山内亮史）
い-1-33

（　）内は解説者。品切の節はご容赦下さい。

小川洋子
猫を抱いて象と泳ぐ
伝説のチェスプレーヤー、リトル・アリョーヒン。彼はいつしか「盤下の詩人」として奇跡のように美しい棋譜を生み出す。静謐にして愛おしい、宝物のような傑作長篇小説。（山﨑　努）
お-17-3

荻原　浩
ちょいな人々
「カジュアル・フライデー」に翻弄される課長の悲喜劇を描く表題作ほか、少しおっちょこちょいでも愛すべき、ブームに翻弄される人々がオンパレードの抱腹絶倒の短篇集。（辛酸なめ子）
お-56-1

荻原　浩
ひまわり事件
幼稚園児と老人がタッグを組んで、闘う相手は？　隣接する老人ホーム「ひまわり苑」と「ひまわり幼稚園」の交流を大人の事情が邪魔するが。勇気あふれる熱血幼老物語！（西上心太）
お-56-2

開高　健
ロマネ・コンティ・一九三五年
六つの短篇小説
酒、食、阿片、釣魚などをテーマに、その豊饒から悲惨までを描きつくした名短篇集は、作家の没後20年を超えて、なお輝きを失わない。川端康成文学賞受賞の「玉、砕ける」他全6篇。（高橋英夫）
か-1-12

川上弘美
蛇を踏む
女は藪で蛇を踏んだ。踏まれた蛇は女になり、食事を作って待つ……。母性の眠りに魅かれつつ抵抗する女性の自立と孤独を描く芥川賞受賞作。「消える」「惜夜記《あたらよき》」収録。（松浦寿輝）
か-21-1

川上弘美
真鶴
12年前に夫の礼は、「真鶴」という言葉を日記に残し失踪した。京は母親、一人娘と暮らしを営む。不在の夫に思いを馳せつつ恋人と逢瀬を重ねる京は、東京と真鶴の間を往還する。（三浦雅士）
か-21-6

角田光代
空中庭園
京橋家のモットーは「何ごともつつみかくさず」……普通の家族の表と裏、光と影を描いた連作家族小説。第三回婦人公論文芸賞受賞、小泉今日子主演で映画化された話題作。（石田衣良）
か-32-3